外国文学
经典阅读丛书

法国文学经典

赣第德
gandide

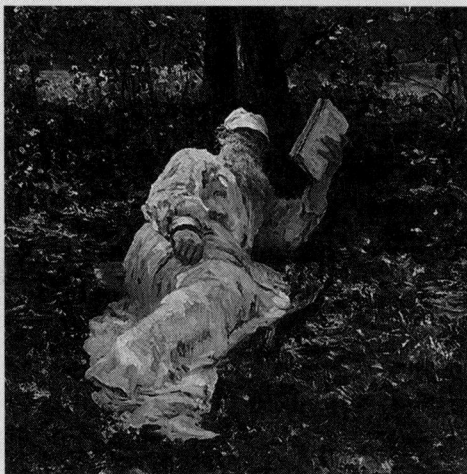

［法］伏尔泰 / 著

徐志摩 / 译

百花洲文艺出版社
BAIHUAZHOU LITERATURE AND ART PRESS

重印题记

　　本书作者伏尔泰(Voltaire)，本名弗郎梭阿·马利·阿鲁埃(Francois-Marie Arouet 1694—1778)，伏尔泰是他的笔名。他是法国18世纪杰出的诗人、戏剧家、小说家、科学家、哲学家、史学家，在许多方面，他都有不朽的著作。18世纪的法国，正是封建君主政体盛极而衰的时候。封建贵族阶级正在趋于没落，愚昧的宗教狂热使人民对教会开始怀疑，反对旧传统、旧制度、旧哲学的学说蓬勃兴起，展开了欧洲思想史上的启蒙运动。伏尔泰是这个启蒙运动的代表人物。

　　伏尔泰的一生，坐过监牢，在英国和普鲁士流亡过，做过凡尔赛官中的御前侍从，还是一个富有的大地主。他熟悉各个阶级的世态人情，对当时的社会现实，痛心疾首，写下了几部著名的讽刺作品，《赣第德》(Candide)便是其中最杰出的一部。

　　"赣第德"是书中主人公的名字。这个词的意义是"老实人"。这部小说的主题思想是批判17世纪德国哲学家莱布尼茨的。莱布尼茨认为世界上的一切现实都是自然的安排，是完全协调的，因而是尽善尽美的。赣第德的老师潘葛洛斯是莱布尼茨的信徒，他的学生却对此怀疑，认为这一切都是维护旧政权、旧社会、旧制度、旧礼教的欺骗人民的谎话。伏尔泰通过他创造的故事，辛辣地讽刺并揭露了这些旧政权、旧制度的腐败和不合理。译者徐志摩把这个作品比之为中国的《镜花缘》，确有相似之处。

　　本书另有一个傅雷的译本，译文比较忠实。这个译本虽然译得比较自由，但流畅易读。现在根据 1927 年上海北新书局初印本重印，以资流传。原本有许多错字，均已改正。译文亦略加修饰，并由编者加了一些必要的注释。作者名字原译作"凡尔太"，今亦改成统一译名。

编　者

译者序言

　　赣第德(*Candide*, 1759)是伏尔泰在三天内写成的一部奇书。伏尔泰是个法国人，他是18世纪最聪明的，最博学的，最放诞的，最古怪的，最臃肿的，最擅讽刺的，最会写文章的，最有势力的一个怪物。他的精神的远祖是苏格拉底，阿里斯托芬，他的苗裔，在法国有阿纳托尔·法朗士，在英国有罗素，在中国——有署名西滢者有上承法统的一线希望。不知道伏尔泰，就好比读《二十四史》不看《史记》，不知道赣第德就好比读《史记》忘了看《项羽本纪》。我今晚这时候动手译《赣第德》——夜半三时——却并不为别的理由，为的是星期六不能不出副刊，结果我就不能不抱佛脚，做编辑的苦恼，除了自己，有谁知道，有谁体谅。但《赣第德》是值得花你们宝贵的光阴的，不容情的读者们，因为这是一部西洋来的《镜花缘》，这镜里照出的却不只是西洋人的丑态，我们也一样分得着体面。我敢说，尤其在今天，叭儿狗冒充狮子王的日子，满口仁义道德的日子，我想我们有借镜的必要。时代的尊容在这里面描着，也许足下自己的尊容比起旁人来也相差不远。你们看了千万不可生气，因为你们应该记得王尔德的话，他说19世纪对写实主义的厌恶是卡立朋（莎士比亚特制的一个丑鬼）在水里照见他自己尊容的发恼。我再不能多说话，更不敢说大话，因为我想起书里潘葛洛斯的命运。

　　　　　　　　　　　　　　　　　　志　摩

第一回

此回说赣第德怎样在一个富丽的爵邸里长大，后来怎样被逐。

在威士法利亚地方一个爵邸里，主人是男爵森窦顿脱龙克，住着一个少年，长得非常美秀。他的相貌是他灵性的一幅画。他有的是正确的评判力，他的精神是单纯的，这就是说他有理性，因此我想他的名字叫作赣第德。府里的老家人猜想他是男爵妹妹的私生子，她的情人是邻近一位诚实的好绅士，她始终不肯嫁给他，因为他的家谱不完全。

这位男爵在韦斯伐里亚地方是顶有威权的一个贵族，因为他的府第不仅有一扇大门，并且还有窗户。他的大厅上也就满挂丝织的壁画。他的农场上所有的狗在需要时就变成一队猎犬。他的马车夫当猎夫；村庄里的牧师，他的司粮大员，他们都叫他"米老德"（"My Lord"）①。他讲故事他们就笑。

男爵的夫人身重大约有三百五十磅，因此她是一个有大身份的人，并且她管理府里的事务异常的认真，因此人家格外地尊敬她。她的女儿句妮宫德才十七岁年纪，肤色鲜艳，娇柔，肥满，讨人喜欢。男爵的少爷也是没一样不克肖他的尊翁。管小教堂的潘葛洛斯——Pangloss，两个希腊字拼起来的，意思是"全是废话"——是府里的圣人，小赣第德跟着他读书，顶用心的，潘葛洛斯是玄学兼格致学兼神学兼天文

---

① 意为"我的主公"。（编者）

学的一位大教授。他从容地证明给你听世上要是没有因就不会有果，在这所有可能是世界中最完善的世界里，男爵的府第是所有府第中最富丽的一个，他的太太是所有男爵夫人中最好的一位。

"这是可证明的，"他说，"所有的事情是怎么样就是怎么样，绝不会两样或是变样；因为上帝创造各种东西都有一个目的，一切都为的是最完善的目的。你们只要看，人脸上长鼻子为的是便于戴眼镜——于是我们就有了眼镜；人身上有腿，分明为的是长裤子——于是我们就有长裤子；山上长石头是预备人来开了去造爵第的——因此我们的爵爷就有一所伟大的爵第，因为一省里最伟大的爵爷天生就该住顶好的屋子；上帝造毛猪是给人吃的——因此我们一年到头吃猪肉。这样说下来，谁要是说什么事情都合式，他的话还不够·半对，他应该说什么事情都是最合式的。"

赣第德用心地听讲，十二分地相信；因为他看句妮宫德姑娘是十二分地美，虽则他从不曾有胆量对她这样说过。他的结论是第一层幸福是生下来是男爵森窦顿脱龙克的子女；第二层幸福是生成了句妮宫德姑娘；第三是天天见得着她；第四是听老师潘葛洛斯的讲，他是全省里最伟大的哲学家，当然也就是全世界最伟大的哲学家了。

有一天，句妮宫德在府外散步的时候，那是一个他们叫做花园的小林子，无意间在草堆里发现潘葛洛斯大博士正在教授他那实验自然哲学的课程，这回他的学生是她母亲的一个下女，稀小的黄姜姜的一个女人，顶好看也顶好脾气。句妮宫德姑娘天生就爱各种的科学，所以她屏着气偷看他们一次又一次的试验，她这回看清楚了那博士先生的理论，他的果，他的因的力量；她回头走的时候心里异常地乱，愁着的样子，充满了求学的冲动；私下盘算她何尝不可做年轻的赣第德的"充分的理由"，他一样也可以做她的"充分的理由"。

　　她走近家门的时候碰见了赣第德，她脸红了，赣第德也脸红了；她对他说早安，发音黏滋滋的，赣第德对她说什么话自己都不知道。次日吃完晚饭离开桌子的时候，赣第德与句妮宫德在一架围屏背后碰着了；句妮宫德的手帕子掉了地下去，赣第德捡了它起来，她不经意地把着了他的手，年轻人也不经意地亲了这位年青姑娘的手，他那亲法是特别的殷勤，十二分地活泼，百二十分地漂亮；他们的口合在一起了，他们的眼睛发亮了，他们的腿摇动，他们的手迷路了。男爵森窦顿脱龙克恰巧走近围屏，见着这里的因与果；他就轰赣第德出府，在他的背后给了许多的踢腿；句妮宫德晕了过去，醒过来的时候，男爵夫人给了她不少的嘴巴。一时间，府里起了大哄，这所有的府第中最富丽最安逸的一家府第。

第二回

这回讲赣第德出府后在保加利亚人那里所得的经验。

　　赣第德，从地面上的天堂里被赶出来以后，走了好一阵子，自己也不知道在什么地方，一路哭着，抬起一双眼对着天，时常转过去回望那最富丽的爵第,里面囚禁着一个最纯洁、最高贵的女郎。他也没得饭吃，躺下去就睡，那地方是一亩田的中间，两边是两道沟。天下雪了，飞着肥大的雪花。下一天，赣第德，昏扑扑的一身，趔趄趄地往前跑，到了一处地方，叫作哗尔勃獬霍夫脱拉白克狄德道夫，身上没有钱，饿得快死，他停步在一家小客栈门口，心里真发愁。两个穿蓝衣服①的人看见了他。

　　"朋友，"内中一个说，"这倒是一个长得像样的小伙子，高也够高。"

　　他们走过去招呼赣第德，顶和气地请他去吃饭。

　　"先生们，"赣第德回答说，口气和婉得动人，"多谢你们的好意，但是我惭愧没有力量付我的饭钱。"

　　"好说您了，"一位说，"像你那模样，像你那能干的人从来做什么都不用花钱的：你不是身高五尺五寸？"

　　"可不是您了，那正是我的身高。"说着他低低地鞠了一躬。

　　"来您了，坐着；我们不但替你付钱，并且你放心，我们

---

① 穿蓝衣的是募兵工作人员。（编者）

再也不肯让你这样人少钱花；人生在世上还不只是互相帮助的。"

"一点不错，"赣第德说，"这正是潘葛洛斯先生常常教我的话，我现在看明白了什么事情都是顶合式的。"

他们请他收下几个金镑。他拿了，他想写一个借条给他们；他们不要。三个人坐了下来。

"你不深深地爱吗？"

"是啊，"他回答说，"我深深地爱上了句妮宫德姑娘。"

"不是，"两位先生里一位说，"我们问你，你是不是深深地爱保加利亚的国王？"

"一点也不，"他说，"因为我从没有见过他。"

"什么！他是最好的国王，我们得喝一杯祝福他。"

"喔！顶愿意了，先生们。"他就饮满了。

"那就行了，"他们告诉他，"从今起你是保加利亚人的帮手，助力，保护者，英雄。你的财是发定了，你的荣耀是稳当了。"

一下子他们就把他绑了起来，扎了他到营盘里去。到了那边，他们就叫他向左转，又向右转，上枪，又回枪，举枪，放枪，开步走，未了他们拿一根大棍子捶了他三十下。第二天他操演的成绩好得多，只吃了二十下。再下一天只熬了十下，这下儿全营盘就把他当作奇才看了。

赣第德，全叫弄糊涂了，还是想不明白怎样他是一个英雄。有一个春天他决意出去散一回步，一直向前走着，心想这随着高兴利用本身上的腿是人与畜生共享的权利。他才走了二十里光景就叫四个人追着了，全是六尺高的英雄，把他捆住了，带了回去往牢里一丢。他们问他愿意受哪一种待遇，是用游全营盘吃三十六次棍子，还是一下子把十二个铅丸装进脑壳里去。他不相干地答话说，人的意志是自由的，因此他

5

哪样都不要。他们逼着他选，他凭着天给他的自由权选中了吃三十六次棍子。他受了两回。这营盘里一共是两千人，这样他到手的打是一共四千下，结果他所有皮里的筋、皮里的腱全露了出来，从他的头发根起一直下去到他的臀尖。他们正要举行第三次的时候，赣第德，再也受不了了，求他们做好事拿铅丸子了结了他算数。他们准了，包上了他的眼，叫他跪下。刚巧这时候保加利亚的国王走来，问明白他犯罪的情形。国王是极能干的人，他听下来就知道赣第德是一个年青玄学家，完全不懂得世事的曲折，他就特别开恩赦了他，期望所有的报纸都会来颂扬他的仁慈，历史上永远传下他的美名。

　　一个高明的外科医生在三星期内医好了赣第德，用的迪奥斯克里德斯①传下来的止创药。他已经有了一张小皮，等到保加利亚国王与阿白莱国王打仗的时候，他可以开步走了。

---

　　① 迪奥斯克里德斯（Dioscorides），公元 1 世纪希腊医生，著有《药物论》（*De Materia Medica*）。

第三回

这回讲赣第德怎样从保加利亚人那里逃走，以及后来的情形。

再没有像这回两边对垒的军队那样的精神焕发、漂亮、敏捷、起劲的了。军号、军笛、军鼓、大炮合成了一种在地狱底里都听不到的闹乐。大炮一来就叫两边每家放平了六千人；枪的对击又从这完善的世界的地面上取消了近万条性命；枪刺也是好几千人的致命的一个"充分的理由"。一起算下来有三万光景灵魂升了天。在这阵轰轰烈烈的屠杀中，赣第德，浑身发抖得像一个哲学家，只忙着到处躲。

等到两边国王下令吩咐各自的军队唱赞美诗的时候，赣第德决计跑走，想到别的地方再去研究因果的问题。他在死透的夹着死不透的尸体堆里寻路，走到了邻近一个村庄；这村庄已经变了火灰，因为这是阿白莱的地方叫保加利亚人放火烧了的，那是打仗的规矩。这一边，受伤的老头们眼看他们的妻子紧紧地把亲儿女们搂向她们血泊的怀里，当着面叫人家屠杀了；那一边，他们的女儿们，肚肠都叫搅翻了的，正在喘着她们最末了的一口气，总算替保加利亚英雄们天然的要求尽了义务；同时还有在火焰中烧得半焦的，呻吟着只求快死。地上洒满了脑浆、臂膀、腿。

赣第德快快地逃到了另一个村庄；这是保加利亚一面的，阿白莱的英雄们也是照样还礼。赣第德还得在跳动的肢体间与烧不尽的灰堆里奔命，好容易跑出了战争的区域，背袋里只剩有限的干粮，心窝里老是放着句妮宫德姑娘。他进入荷兰境内的时候，粮食已经吃完；但是因为曾经听说荷兰国里没有穷人，并且都是耶教徒，他绝不疑惑他一定可以得到同在男爵府第里一样的待遇，和在句妮宫德姑娘的烁亮的眼珠招致他的放逐以前一样。

他先向几个相貌庄重的先生们讨布施，但他们全给他一样的回答，说如果他再要继续他的行业，他们就得把他放进一个修心的地方，教给他一个过活的方法。

后来他又对一位先生开口，他刚在一个大会场里费了足足一个时辰讲慈善。但这演说家斜眼看着他发问了：

"你在这里做什么的？你是不是赞成'善因'？"

"没有因就不会有果，"赣第德谦和地答着，"世上一切事物的关系与布置都是为着一个最好的目的。我当初从句妮宫德姑娘那里叫人家赶出来，后来在营盘里叫人家打一个稀烂，现在我到这里来没法寻饭吃只得当叫花子——一层层下来都是必然的道理，什么事情是什么就是什么，不会两样的。"

"我的朋友，"演说家再对他说，"你信罗马教皇是反对基督的吗？"

"我没有听说过，"赣第德说，"反正他是也好，不是也罢，我要的是面包。"

"你活该没得饭吃，"那位先生说，"去你的，光棍！滚你的，穷鬼！再不要靠近我。"

演说家的太太，从楼窗上探出头来，听说这个人不相信罗马教皇是反基督的，就从楼窗上浇了他一身的……可了不得！娘儿们着了教迷什么事做不出来？

有一个叫詹姆斯的，他是小时候没有受洗礼的，一个善心的阿那板别士脱（即幼时不受洗礼者，以下简称阿那板），看见了这样下流作恶地对待他一个同胞的办法，他无非是一个不长毛的两脚兽，脑壳里装着一个理性的灵魂，又没有别的罪恶。他动了怜心，带了他回家，给他洗干净了，给他面包啤酒吃喝，给他两块金洋钱，还想教给他在荷兰通行仿装波斯材料的工作。赣第德，简直拜倒在他的跟前，喊说：

"潘葛洛斯老师的话真对，他说这世上什么事情都是顶合式的，因为你的恩惠比方才那位穿黑服的先生与他楼窗上的太太的不人道使我感动深得多。"

第二天他出外走路的时候，他碰见一个要饭的，浑身全是疮疤，眼睛像是烂桃子，鼻子的尖头全烂跑了，嘴歪了，牙齿是黑的，嗓子里梗着，一阵恶咳嗽逮住了他，每回使劲一吐就吐出一颗牙。

第四回

这回讲赣第德怎样寻着他的老师潘葛洛斯，及他们以后的际遇。

赣第德见了这骇人的叫花，哀怜的成分比厌恶的成分多，他就拿方才那位忠厚的阿那板给的两块金洋给了他。这鬼样子切实地看了他一晌，流了几滴泪，张开手去抱他。赣第德禁不住恶心闪开了。

"啊！"一个穷鬼对另一个穷鬼说，"难道你不认识你亲爱的潘葛洛斯了？"

"你说什么？你，我的亲爱的老师！你竟沦落到这般田地！你遭了什么罪？为什么你不在那最富丽的爵第里了？句妮宫德姑娘又怎么样了，那颗明珠，那上天的杰作？"

"我乏得站不动了。"潘葛洛斯说。

赣第德就把他带回阿那板的马房里去，给他一点吃剩的面包。潘葛洛斯稍微充饥以后。

"怎么样呢，"赣第德问，"句妮宫德？"

"她死了。"老师回答。

赣第德听着话就昏了过去；他的朋友碰巧在马棚里寻着一点醋，把他嗅醒了回来。赣第德重新张开了他的眼。

"死了，句妮宫德！啊，这最完美的世界，你到底是怎么回事？可是她生什么病死的？是不是因为她见她的父亲把我踢出了他的富丽的府第想我发愁死的？"

"不，"潘葛洛斯说，"她是叫保加利亚的兵在肚子上开了口，在好多人使完了她以后；他们凿破了男爵的脑袋，因为他想保护女儿；我们的夫人，她的娘，叫他们切成块；我那可怜的学生也吃了与他姊姊一样的苦；至于那府第，他们连一块石头都不放过，米仓也没了，羊、鸭子、树木，全完了。但是我们已经报了我们的仇，因为阿白莱人也照样地到邻近一个爵区里去把一个保加利亚的爵爷府开销了去。"

这一讲赣第德又昏了去，但他醒过来说完了他应说的话以后，他就开始追究这事情的因与果，以及使潘葛洛斯流落到这般田地的"充分的理由"。

"啊！"他的老师回答说，"为的是恋爱；爱啊，人类的慰安，宇宙的守卫者，一切生物的灵魂，爱，温柔的恋爱。"

"啊！"赣第德说，"我知道这爱，人心的主宰，我们灵魂的灵魂；但是我自己受着的痛苦就只一个亲嘴以及背上二十脚的踢。在你身上这美丽的因如何就会产生这样丑恶的果？"

潘葛洛斯的答话是："喔，我的亲爱的赣第德，你记得巴圭德，就是伺候男爵夫人的那个艳艳的小东西，在她的交抱中我尝着了天堂的快乐，这因就产生了你现在看得见我浑身地狱苦恼的果；她浑身全是那毒，因此她也许自身倒反呆了。这份礼物是巴圭德从一个教士那里得来的，教士也曾经追究出他的来源：他是从一个老伯爵夫人那里来的，她又是从一个军官那里来的，军官又是一个侯爵夫人赏给他的，侯爵夫人是一个小听差给她的，小听差跟过一个罗马教徒，他当初出身的时候曾经结交过一个老水手，他是哥伦布伙计的一个。现在到了我身上我打算不给谁了，我就快死了。"

"喔，潘葛洛斯！"赣第德叫了，"多么古怪的一个家谱！它那最初的由来不就是魔鬼吗？"

"不对，"这位博学先生回答，"这是一个躲不了的东西，是这最完善的世界里一个不可少的要素。因为假如哥伦布当初要没有在美洲一个岛上得到这个病，这病一来就侵入了命源，往往妨害传种，因此这分明是反对自然的大目的，但这一来我们也就没了朱古力与红色染料了；并且我们还得注意在这大陆上这怪病就像是宗教的纷争，它那传染的地域是划得清的。土耳其人、印度人、日本人、波斯人、中国人，全部不知道有这回事；但是我们也有充分的理由可以相信，在近几百年内他们也会轮得着的。同时在我们中间这玩意儿进步得非常快，尤其是在大军队里面，全是诚实的受训练的佣兵，在他们的手里拿着国家的命运：因为我们可以算得定每回这边三万人打那边同样的数目，这里面就有两万人光景都是染了怪病的了的①。"

"啊，这真是了不得！"赣第德说，"可是你总得请医生治。"

"啊，我哪能？"潘葛洛斯说，"我一个子儿都没有，我的朋友，但在这世界上你想放一放血或是什么，你就得付钱，至少得有人替你付钱。"

这几句话给了赣第德一个主意。他跑去跪倒在那慈善的阿那板跟前，把他朋友可怜的情况形容给他听。这一来居然感动了他，他立即让潘葛洛斯搬进了他的家，自己花钱请医生来医他。医好了的时候潘葛洛斯只剩一只眼睛，一个耳朵。他笔下来得，算学也极精。阿那板詹姆斯留了他当管账。过了两个月，他要到里斯本去料理一些账务，就带了这两位哲学家一同上船。潘葛洛斯解释大道理给他听，比如这世界是怎样完善的，再没有更合式的了。詹姆斯不同意。

"我看来，"他说，"人类的天性是变坏了的，因为他们生

---

① 这里作者所说的怪病是指梅毒症。（编者）

下来并不是狼，但现在变成狼了；上帝并没有给他装二十四磅弹丸的大炮或是锋利的尖刀，但是他们来造炮造刀，为的是要互相杀害。在这盘账里我不仅要把破产全放进去，我也要把法律上的公道一起算，因为它抓住了破产的东西来欺骗债权者。"

"这全是少不了的，"独眼的博士先生说，"因为私人的坏运就是公共的好处，所以私人的坏运愈多，公共的好处愈大。"

他正在发议论，天发黑了，船已快到里斯本的岸。忽然海上起了最凶险的风浪，把他们的船包了进去。

第五回

这回讲飓风、破船、地震以及潘葛洛斯博士、赣第德、阿那板詹姆斯的际遇。

在飓风中，船身的狂摇摇昏了半数的船客，因此他们对着当前的危险也失去了知觉。还有那一半船客叫喊着，祷告着。帆全撕了，桅断了，船开了缝。秩序全乱了，谁爱动手就动手，没有人指挥，也没有人听话。阿那板正在甲板上，他就帮着手；一个野蛮的水手狠狠地扎了他一下，他滚在甲板上躺直了；可是顺着那一下猛击的势道，水手自己头冲上前，直翻出了船去，叫一节破桅拦住了，没有下水。老实的詹姆斯爬过去救他，扯了他起来，这一用力他自己闪了下去，那水手眼睁睁地看着他死去，理都没有理会。赣第德跑过去，看着他那恩人在水里浮上来一忽儿就叫水波一口吞下去，再没有回音了。他正想跟着他往水里跳，可是叫哲学家潘葛洛斯给拦住了，他说给他听，这里斯本海湾是老天为了阿那板要淹死的缘故特地造成的。他正在用演绎的方法证明他的理论，船身沉了；船上人全死了，除了潘葛洛斯、赣第德，和那位野蛮的水手，在他的手里我们好心的阿那板送了命。这坏蛋平安地泅到了岸，一面潘葛洛斯与赣第德叫一条木板给运了过去。

他们恢复了一点力气就望着里斯本道上走去。他们身上还留着一点钱，他们希冀靠此不致饿死，方才从水里逃了命。刚走到城子的时候，正在互相悲悼他们恩人的丧命，他们觉着地皮在他们脚底下发抖了。海水涨了上来，淹了海口，把所有抛锚着的船打得粉碎。火焰灰烬的龙卷风盖住了街道与公共的地方；屋子往下坍，屋顶一片片飞下来地，地面裂成了窟窿，三万男女老小的居民全叫压一个稀烂。那位水手，吹着口调骂着人，说这火烧场里有落儿。

"这现象的'充分的理由'又是什么呢？"潘葛洛斯说。

"这是最后的一天，"赣第德叫着说。

那水手往火堆里跑，拼死想发财，捡到了钱就往身上揣，有了钱换酒喝，喝一个胡醉，睡饱了醒来就找女人，在烂房子灰堆里凑在死透的与死不透的尸体中间，寻他的快活。潘葛洛斯拉拉他的衣袖。

"朋友，"他说，"这不对呀。你对'普遍的理性'犯了罪；你选的时候太坏了。"

"血光光的去你的！"水手回答，"我是一个水手，生长在巴达维亚的。我到过四次日本，在十字架上踹过四次①；狗屁你的'普遍的理性'。"

掉下来的石块把赣第德打坏了。他躺在街上，垃圾堆里窝着。

"啊哟！"他对潘葛洛斯说，"给我点儿酒，给我点儿油，我快死了。"

"这地体的震荡是有由来的，"潘葛洛斯回答说，"去年美洲一个叫利马城的地方也发了一回抖；同样的因，同样的果，这地底下从利马城到里斯本一定有一条硫黄线。"

"你的话真近情，"赣第德说，"可是看在上帝面上给我点子油，给我点子酒。"

———————————

① 从前日本人反对耶稣教，去通商的外国人不准登岸，除非在十字架上踹过，声明这不是他们的教。

"什么近情?"哲学家回答,"我说这一点是可以充分证实的。"

赣第德昏了过去,潘葛洛斯到邻近一个水管取了点儿水。第二天他们细细地到灰堆里寻食吃,果然寻着了,吃回了好些力气,以后他们就跟着人相帮救济不曾丧命的居民。有几家他们救着的,给他们在灾难中可能的一顿饱餐;说来固然食品是可怜,用饭的人都和着眼泪水吃面包;但潘葛洛斯安慰他们,对他们说事情是怎样就是怎样,没办法的。

"因为,"他说,"所有发生的事情没有不是顶合式的。如其火山是在里斯本地方这就不能在别的地方。要事情变回它原来的样是不可能的,因为什么事情都是对的。"

一个穿黑衣的矮小的男子,"异端裁判所"的一个执法专员,正坐在他旁边,恭敬地接着他的话头说:

"那么先生,你分明不相信'原始的罪孽'了。因为假如这世界上没有不合式的事情,那就说不到什么'堕落'与责罚了。"①

"我谦卑地请求你高明的饶恕,"(意思是说你的话是不对的)潘葛洛斯回答,比他更恭敬的样子,"因为人的堕落与受罚是这最完善的世界的系统里的成分。"

"先生,"执法员说,"那么你就不信自由?"

"足下还得饶恕,"潘葛洛斯说,"自由与'绝对的必要'是一致的,因为我们应得自由,是必要的;因为,简单说,那确定的意志——"

哲学家话还没有讲完,那执法员示意他的听差,叫他倒上一杯从包妥或是奥包妥来的酒。

---

① 基督教义以为亚当与夏娃偷食禁果是犯原始罪孽。(编者)

第六回

这回讲葡萄牙人怎样举行一个美丽的"异端审判",为的是要防止震灾;赣第德怎样当着大众吃鞭子的刑罚。

在这回地震毁了里斯本城四分之三以后,国内的贤能筹划预防震灾再来,决议除了给人民一个"异端审判",再没有更切实的办法了;因为按照科英布拉大学的意见,用缓火烧死少数的活人,同时举行盛典,是防止地震的一个最灵验的方法。

因此他们就抓住了一个比斯开人,他犯的罪是与他的"神妈"通奸,两个葡萄牙人,为的是他们不要吃与鸡一同烧的咸肉;在饭后,他们来逮住了潘葛洛斯大博士与他的门徒赣第德,先生犯的罪是发表他的思想,徒弟的罪是用赞美的神情听先生的讲。他们叫人领了去关在隔开的小屋子里,异样地冷,因为从没有阳光晒着,八天以后他们穿上圣盘尼托的制服(一种宽大的衣服,上面画着火焰、魔鬼、犯人自己的肖像,当时在西班牙、葡萄牙诸国每经异端审判——Auto—da—fé——判定死刑后上场时穿的制服。悔罪的犯人穿一样的衣服,只是上面火焰尖头是向下的;此外还有犹太、妖人、逃兵穿的制服,背后都有圣安得罗士的十字),头上戴着纸折的高帽。赣第德的纸帽与圣盘尼托衣上画着尖头向下的火焰与没有尾却有长爪的魔鬼;潘葛洛斯的魔鬼们却都是有尾有爪的,并且火焰的尖头都是向上的。他们这样打扮了上街去巡游，听一个惨切的训道，随后就是悠扬的教堂音乐。赣第德吃了皮条，和着教堂里唱诗的音节；那个与神妈通奸的比斯开人和不肯吃咸肉的葡萄牙人都叫一把火烧了；潘葛洛斯是被绳子勒死的，虽则那不是通常的惯例。正当那一天，大地又来了一次最暴烈的震动①。

赣第德吓坏了、骇坏了、急坏了，他浑身血、浑身发抖，自对自在那里说话。

"假使这果然是所有可能的世界里最好的一个，那么别的世界又当是怎么样的？咳，要是我单就吃一顿皮条，那我还办得了，因为我上次在保加利亚有过我的经验。但是天啊，我的亲爱的潘葛洛斯！你最伟大的哲学家，叫我眼看你被人生生地勒死，我始终不明白为的是什么，这是哪里说起！喔，我的亲爱的阿那板，你最善心的人，也会得在这海口里沉死！喔，句妮宫德姑娘，人间的宝贝，你也会得叫人家把你的肚子拉破！"

他正在昏沉中转念，站也站不直，叫人家教训了，鞭打了，又救回了，受过保佑了。一个老妇人过来对他说话：

"我的孩子，不要发愁，跟着我来。"

---

① 1755 年 12 月 21 日葡萄牙第二次大地震。（编者）

第七回

　　这回讲那老妇人怎样调护赣第德，以及他怎样会到他的情人。

　　赣第德并不胆壮，可是跟着那老妇人走到一个破坏的屋子，她给他一瓶油搽他身上的痛创，给他预备下了一张顶干净的小床，床头挂着一身衣服，临走的时候还给他些吃喝的东西。

　　"吃你的，喝你的，睡你的，"她说，"我们阿托加地方的圣母，帕多瓦地方的大圣安东尼，孔波斯特拉地方的圣詹姆斯，就会来保佑你。我明天再来。"

　　赣第德这下真糊涂了，原先他的遭劫来得突兀，这回老女人的慈善更出他的意料，他想吻她的手表示他的感激。

　　"你该得亲的不是我的手，"老女人说，"我明天再来。你好好搽油养你的伤，吃了就睡。"

　　赣第德，虽则受了这么多的折磨，居然吃了就睡。第二天早上那老女人带早饭来给他吃，看看他受伤的背，另用一种油膏自动手替他搽了；回头又拿中饭给他吃；晚上又带晚饭给他。再下一天的礼节还是这样。

　　"你是谁呀？"赣第德说，"为什么你心肠这样好法？叫我如何报答你呢？"那善女人没有答话，那晚再来的时候没有带晚饭。

　　"跟着我来，"她说，"不要说话。"

　　她牵着他的臂膀，领他在乡里走不上一里路光景。他们到了一处孤立的屋子，四周是园圃与水道。老女人在门上轻轻叩了一下，门开了，她带他上一层隐秘的扶梯，进了一间陈设富丽的小屋子。她让他在一张锦缎沙发上坐了，关上门出去了。赣第德自认为是在梦里。可不是，他这辈子尽做着噩梦，就只现在这会儿算是有趣的。

老女人去不多时就回来了，很困难地承着一个身体发颤的女子。那女子遍体亮着珠宝，罩着网巾，模样顶庄严的。

"去了这网巾。"老女人对赣第德说。

年轻人走近来，怪腼腆地伸手给去了网。喔! 这刹那间! 多离奇呀! 他信他见着了句妮宫德姑娘! 他真的见着了她! 这可不就是她! 他再也撑不住了，一句话也说不出口，在她的脚前倒下了。句妮宫德往沙发椅上萎了下去。老女人拿嗅瓶子给他们解晕。他们醒了过来，舌头也能动了。他们吞吞吐吐的说着话，一个问话，一个答话，中间夹杂了不少的叹气、眼泪、哭。老女人嘱咐他们低声些，她自己出去了，让他们俩待着。

"什么，这是你吗?" 赣第德说，"你活着? 我在葡萄牙又见着了你? 那么你并没有叫人家强暴? 那么你并没有叫人家剖开肚子? 潘葛洛斯对我讲的全不是事实?"

"全是的，真有那事。"美丽的句妮宫德说，"但那两件事情不一定是致命的。"

"可是你的爹妈给杀死了没有?"

"可不是，他们俩全给杀了，"句妮宫德说，眼里淌着泪。

"你的兄弟呢?"

"我的兄弟也叫人弄死了。"

"那么你怎么会在葡萄牙呢? 你又怎么会知道我在此地? 你带我到这儿来的一番周折又是多么古怪的主意?"

"慢慢儿让我告诉你，"她回答说，"但是让我先听你的经历，自从你亲了我那一口被人家踢出大门以后。"

　　赣第德顶尊敬地从命。虽则他还有几分迷惑，虽则他的声音还不免软弱发颤，虽则他的背心上还是痛着，但是他给了她从他们俩分散以后种种情形的一个最磊落的报告。句妮宫德抬起一双眼来向着天，听到那善心的阿那板与潘葛洛斯惨死时直掉眼泪，随后她就回讲她的遭际，赣第德一字不漏地倾听着，瞪着眼似乎要把她整个儿往肚子里咽。

第八回

句妮官德的经历。

"那回上帝的旨意叫保加利亚人光降我们快活的森窦顿脱龙克爵第的时候，我还在被窝里睡得好好的。他们把我的父亲与兄弟杀了，把我妈切成了好几块。一个高个儿的保加利亚人，够六尺高，就来逮住我动手。这一来惊醒了我，我明白是怎么回事，我就哭，我就闹，我就用口咬，我就用手抓，我想一把挖出那高个儿保加利亚人的一对眼珠——却不知道这种情形正是打仗的通常行为。那野鬼一生气就拿刀在我左腰里开了一个口，那一大块伤疤到如今还留着哪。"

"啊，我希望看看那块疤。"老实的赣第德说。

"你有得看的，"句妮官德说，"可是让我们讲完了再说。"

赣第德说："好。"

她就接着讲她的故事：

"一个保加利亚的军官进来了，见我在血里躺着，高个儿的那个兵还是满不在乎地干他的事情。军官气极了，一拉刀就把他杀死在我的身上。他喊人把我的伤包好了，带了我到他的营盘里去，当作俘虏看待。我替他洗他的衬衣，替他做菜。他说我极美——还赌咒来着。一面我也得承认他个儿长得不错，皮肤还是顶软顶白的；可是他简直没有什么思想，不懂哲学，你一看就知道他从没有受过大博士潘葛洛斯的教育。在三个月内，他钱也花完了，看我也厌了，他就把我卖给一个犹太人，名字叫童阿刹卡，他是在荷兰与葡萄牙做生意的，贪的就是女人。他顶爱我的身体，可他征服不了它；我抵抗他比我抵抗那保加利亚大兵的成绩还强些。一个贞洁的女人也许遭着一次的强暴，但她的德性反因此更加强固。为了使我降心，他买了这所乡里的屋子。原先我以为什么都比不上森窦顿脱龙克爵第美，但是这次我知道我是错了。

"教会里的大法官，一天在做礼拜时见着了我，盯着我尽看，叫人来通知我说他有秘密话跟我说。有人来领我到他的宫里去，我对他讲了我的经历；他打比方给我听，说跟一个以色列人是怎样一件失身份的事情。随后他就示意童阿刹卡叫他办移交。童阿刹卡也是有来历的，他借钱给国王，有得是信用，哪里肯听话。大法官恐吓他，说要举行'异端审判'来收拾他，我的犹太主人果然怕了，只得商量一个折中办法：把这所房子与我算是他们俩的公产——归犹太人的是每星期一、三、六，剩下来是归大法官的。这个合同已经有六个月了。闹也常有，因为他们不能确定从星期六到星期日那一晚是应新法还是从旧法算。至于我自己，到现在为止，谁都没有攻破我的防御线，我心里想也许就为此他们俩都还恋着我。

"后来，为了防止震灾，顺便恫吓他的情敌童阿刹卡起见，我的法官爷特别举行了一次'异端审判'。他给我参与盛典的荣幸。我的座位很好，太太们在祭礼后执法前休息时还有茶点吃。我真的吓得不得了，眼看那两个葡萄牙人被生生地烧死，还有那比斯开人，他犯的罪是和他的神妈通奸；可是等我发现穿着一身圣盘尼托、戴纸帽的一个人像是潘葛洛斯的时候，我心里那骇、那怕、那急，就不用提了。我揩揩我的眼，我留神看着他，我见他活活地叫人给勒死；我昏了过去。我正醒回来的时候，又见你被人家剥得精光的，我那一阵的

23

难受、惊惶、奇骇、悲切、急，更不用提了！我跟你说，真的，你那皮肤的白，色彩的匀净，更胜于我那保加利亚军官。这一来我的情感的兴奋可真受不了了。我怪声地喊了出来，要不是我的嗓子倒了，我一定喊一声'停手，你们这些野蛮鬼'！本来我喊也没有用，你身上皮条早经饱了。这是怎么回事，我说，我的心爱的赣第德与聪明的潘葛洛斯都得同在里斯本城里，一个吃了一百皮条，一个生生地给勒死，而且执法的碰巧又是顶爱恋我的大法官？

"这一急，这一昏，有时出了性像要发疯，有时想顺着我的软弱倒下了完事。我满脑子盘转着我爹我妈我兄弟的惨死，那丑恶的保加利亚大兵的强暴，他给我的那一刺刀，我在保加利亚军官那里受的侮辱，那恶滥的童阿刹卡，那可恨的法官，大博士潘葛洛斯的非命，你那叫人家打得肠胃翻身，尤其是你与我分散那一天躲在围屏背后给我的那一吻。我赞美上帝，因为虽则经受了许多折磨，他还是把你带回来给我，我就托付那老女人当心调养你的伤，叫她等你稍微好些就带来见我。她各样事情办得顶妥当的。我已经尝到了再见你、再听你讲、再跟你谈话的不可言喻的快活。可是你一定饿了，我自己都瘪坏了，我们吃晚饭吧。"

他们就坐下来吃饭，吃完了仍旧一同坐在沙发椅上。他们正谈着话，童阿刹卡先生到了。那天是犹太人的休息日，童先生回家享受他的权利，进行他的恋爱来了。

第九回

这回讲句妮宫德、赣第德、大法官以及犹太人的下落。

这位阿利卡先生是自从在巴比伦被虏以来以色列从没有见过的一位肝火最旺的希伯来人。

"什么!"他说,"你这加利利人的狗女,那法官还不够你受用?这混蛋也得来一份不成?"说着话他就抽出他那成天带着的那柄长刀,向赣第德身上直扑,心想他的对头也没有凶器,可是我们这位诚实的韦斯伐里亚人正巧有一把漂亮的刀,那是那位老太太给他衣服时一起给他的。别瞧他文雅,他一动刀,就把以色列人干了个石硬,直挺挺地倒在句妮宫德脚边的坐垫上。

"圣母娘娘!"她叫着,"这怎么得了?我屋子里杀死了一个人!官人们一来,我们哪还有命!"

"潘葛洛斯要是没有叫人家捎死,"赣第德说,"他准会替我们出主意解围,因为他是一个奥妙的哲学家。现在没了他,我们只好去请教那老太太。"

她果然是有主意的,可是她正在发表意见,另一扇小门忽然开了。这时是夜里一点钟,已经是礼拜天的早上。这一天是归我的法官爷的。他进来了,看见吃鞭子的赣第德手里提着刀,一个死人躺在地下,句妮宫德吓昏了的样子,老妇人比着手势出主意。

下文是赣第德在这当口儿脑袋里转着的念头:

要是这位圣洁的先生喊了帮手进来，他一定把我往火堆里放，句妮宫德也免不了同样遭罪；原先打得我多苦的就是他，他又是我的情敌；我已经开了杀戒，何妨就一路杀下去，一迟疑事情就坏。这理路来得又清楚又快捷，所以他不等那大法官转过气来就动手把他捅一个干脆，叫他赶那犹太先生归天去。

"又是一个!"句妮宫德说，"这一来我们再没有生路了，我们叫教会摈弃了，我们的末运到了。你怎么会做得出? 你，生性这样温柔，在两分钟内杀了一个犹太人，又干了一个法官!"

"我的美丽的小姑娘，"赣第德回答，"一个人为爱出了性的时候，在法场上受了耻辱又动了妒心，他什么事情做不出来?"

老妇人这时候说话了:

"马棚里现成有三匹安大路辛大马，鞍辔全齐备的，勇敢的赣第德快去抢夺；姑娘有得是钱和珠宝；我们趁早上马走吧，虽则我只能侧着一边屁股坐马；我们一直向卡提市去，这一带是全世界顶好的天气，趁夜凉赶道也是顶有趣的事情。"

赣第德一忽儿就把马鞍上好了，他们三个人、老妇人、句妮宫德、他自己，就上路走，一口气跑了三十英里。他们刚走，教会里的职司们就进了屋子；随后那法官爷被埋在一个漂亮的教堂里，阿刹卡的尸首被扔在垃圾堆里。

赣第德、句妮宫德、老妇人三个旅伴不久到了阿伐及那一个小镇上，在西安拉莫莱那的山肚皮里。下面是他们在一家客店里的谈话。

外国文学经典阅读丛书

第十回

这回讲赣第德、句妮宫德、老妇人到卡提市狼狈的情形；以及他们上船的情形。

"谁把我的钱我的珠宝全抢跑了？"句妮宫德说，三个人全在眼泪里洗澡。"我们以后怎样过活？我们怎么办呢？哪里还有犹太人法官们来给我用度？"

"啊！"老妇人说，"我私下疑心一个叫葛雷的神父，他昨晚跟我们一起住在巴达霍斯客寓里的。上帝保佑我不冤枉人，可是他到我们房里来了两次，他动身走也在我们前面。"

"啊啊！"赣第德说，"亲爱的潘葛洛斯时常打比方给我听，他说这地面上的东西是所有的人们共有的，各人都有平等的权利享用。但是按这原则讲，葛雷神父应得凑给我们一路够用的路费才对。你什么都丢了不成，句妮宫德，我的爱人？"

"一个子儿都没了。"她说。

"那叫我们怎么办呢？"赣第德说。

"卖去一匹马嘛，"老妇人回说，"我可以骑在句妮宫德姑娘的后背，虽则我只能一边屁股坐，好在卡提市快到了。"

同客栈住着一个教士，出贱价买了他们的马。他们换了钱就赶路，过了鲁奇那、齐拉市、莱勃立克沙儿处地方，最后到了卡提市。一个舰队正在预备出发，军队全到齐了，为的是要讨伐巴拉圭的耶稣会教士，他们犯的罪是煽动圣沙克莱孟德邻近一个土人部落反叛西班牙与葡萄牙的国王。赣第德是曾经在保加利亚当过兵的，所以这一来他在那小军队的将领面前卖弄他的本事，又大方、又敏捷、又勇敢，结果他得了一个统领一队步兵的差事。这一来他做了军官了! 他上船带着句妮宫德，老妇人，两个跟班，两匹安大路辛马（原来是葡萄牙大法官的私产）。

一路上他们着实讨论可怜的潘葛洛斯的哲学。

"我们现在到新世界去了，"赣第德说，"什么都是合式的情形一定在那边哪。因为我不得不说在我们这世界上讲起自然哲学与道德哲学来都还不免有欠缺的地方。"

"我尽我的心爱你，"句妮宫德说，"但是一想起我亲眼见过亲身尝过的事情不由我的灵魂不吃惊。"

"事情会得合式的，"赣第德回说，"你看这新世界的海已经比我们欧洲的海好：静得多，风也不是乱来的。不错的，这新世界才是所有可能的世界里最好的一个哪。"

"上帝准许，"句妮宫德说，"可是我历来已经骇坏了，折磨倒了，我再也提不起心来希冀什么。"

"你抱怨，"老妇人说，"啊啊! 你还不知道我当年遭的是什么罪。"句妮宫德几乎笑了出来，心想这位老太太真好笑，竟以为她有我那样的不幸。句妮宫德说："我的好妈妈，除非你曾经叫两个保加利亚大兵奸污过，除非你肚子上吃过两大刀，除非你有过两所庄子叫人踩平过，除非你曾经有两个爹娘在你眼前被割成肉块过，除非你曾经有两个情人在你眼前受刑过，否则我就不懂得你怎么会比我的运气更坏。再加之我是一个正身男爵的女儿——替人家当过厨娘!"

"姑娘，"老妇人答，"你不知道我的出身，我要是说出来给你听的话，你就不会这样说了，你就不能轻易下按语了。"

这番话引起了句妮宫德与赣第德十二分的好奇心。下面是老妇人对他们讲的话。

第十一回
老妇人的历史

前两回讲到赣第德杀死了人，偷了马匹，与句妮宫德及老妇人一同亡命，正打算坐海船出去，这时候在客栈里闲谈，老妇人讲她自己的历史给他们俩听。

"我原先并不是这烂眼珠红眼皮的，我的鼻子也并不是老贴着下巴，我更不是当老妈子出身的。我的父亲是罗马教皇乌本十世，我的生母是巴莱士德列丁那的公主。从小到十四岁年纪，我是在王宫里生长的，这比下来，所有你们德国爵士的庄子充马号都嫌不配，我有一件袍子，值的钱就够买你们韦斯伐里亚全省的宝贝。我愈长大愈美愈聪明，学会的本事也愈多，我的日子是在快乐、希望与赞美中度过的。年纪虽轻，我已经够叫人颠倒。我的脖子长得有样子，多美一个脖子！又白，又直，比得上梅第雪的维纳斯。还有那眼睛！那眼皮！多黑的眉毛！多亮的光从我那黑眼珠子放射着，天上星星的闪亮都叫掩翳了似的——这番话都是我们那边的诗人对我提出来的。服侍我的侍女们，每回替我穿或是脱衣服，总是着了迷，不论她们是从背后或是面前看我；男子们谁不愿意来当这蜜甜的差事！

"我被订给一个漂亮的卡拉拉的王太子。那位王爷！和我一样美，好脾气，有趣味，谈吐十分地俊，满心亮旺旺的全是热恋。我那时正是情窦初开，我爱极了他——天神般地崇拜他，快活得什么似的。婚礼都已经预备了。嫁妆的奢华就不用提了；有种种庆祝的典礼、大宴会，连着做堂戏；全意大利的诗人都做了律诗来恭维我，虽则没有一首是看得过的。我正快爬上幸福的极峰，事情出了岔子，一个年老的伯爵夫人，她先前是那王爷——我的新郎的情人，请他去吃可可茶。不到两个钟头他怪怕人地浑身抽搐着死了。但这还不算一回事。我的娘遭罪也下于我，这一急她再不能在这倒运的地方待下去，她要出去散散心。她在该塔的地方有一处很好的产业。我们就坐了一只装金的大楼船，那装的金就比得上罗马圣彼得教堂的神座。一只沙利来的海贼船追着我们下来，逮住了我们。我们带去保护的人救全他们自己性命如同教皇的大兵；他们往地下一跪，丢了手里的兵器，仿佛临死时求上帝似的求那帮海贼们饶他们不死。

"一忽儿他们全被剥得光光的，像一群猴子；我的娘，我们的宫女，以及我自己也受到同等的待遇。说来人不信，那些先生们剥女人衣服的手段才叫快当。但是最使人惊讶的是他们拿手指插进我们身体上的那一个部分，在一般女性是不容别的家伙进去——除了管子。在我看来，这是一种很古怪的礼节，但这是阅历世事不够深的缘故。我到后来才明白那是试验我们有没有藏起钻石一类的珍品。这办法是从古以来就有的，海上经营的文明民族的发明。我听说马耳他岛国上信教的武士们每回逮到了不论男女的土耳其囚犯总不忘记这特别的检查。这是文明国的国际法，谁都得遵从的。

"这一来一个年轻的公主和她的娘都变成了奴隶，被他们运到非洲摩洛哥去，这说不尽的苦恼你们可以想象，也不用我细说了。在那强盗船上的日子就够受的了。我的娘还是顶漂亮的；我们的宫女，甚至我们的下女，也都是全非洲寻不出的精品。至于我自己，我的美艳是迷人的，多玲珑，多秀气，何况我还是个黄花闺女！我的童贞不久就完了；这朵鲜花，原来留着给卡拉拉漂亮的王爷的，这回叫那强盗头子给采了去。他是顶叫人恶心的一个黑鬼，可是他还自以为他恭维了我。我的娘，巴莱士德列丁那的公主，和我自己居然熬得过这一路船上受着的经历，也就够可以的！我们先不讲，这类事情是太平常了，不值得提。

"我们到的时候，摩洛哥正斗成一片血海。摩雷以色麦尔皇帝的五十个儿子各人有各人的死党；结果是五十派的混战，黑鬼斗黑鬼，全黑鬼斗半黑鬼，半黑鬼斗半黑鬼，杂种鬼斗杂种鬼。这国度里哪处地方都叫热血给染透了。

"我们一上岸，我们船主的反对派黑鬼就来抢他的买卖的利息。除了金珠宝贝，我们女人就是他最珍贵的东西。我那时亲眼见到的打仗，你们没有出过欧洲的是无从设想的。欧洲的民族的血里没有他们那热，也没有他们要女人的狂淫，在非洲却是极平常的。这比下来你们欧洲人的血管里就像只有奶汁，但在阿脱拉斯大山以及邻近一带民族有的是硫酸、烈火。他们打架的凶猛就像是热地上的狮子、老虎、毒蛇，打的目标是谁到手我们这群女人。一个摩尔鬼拉住我娘的右臂，一面我那船主的副手抓了她的左手，一个敌兵绷住她的一只脚，还有一只落在我们一个贼的手里。差不多我们的女人都叫他们这四分四地扭住了狂斗。我的船主把我藏在他的背后，扣着一柄弯形的刀子出了性见谁来抢就干谁。到最后我眼看所有我们意大利的白女人，连着我生身的母亲，都叫那群凶恶的饿鬼给拉烂了，撕碎了，破了，一个也不剩。船上带来的奴隶，我的同伴们，带我们来的人，兵士们，水手们，黑的，白的，杂的，最末了轮到我的船主，全给杀死了。我昏迷着躺在死人堆里。这种杀法在三千里路的方圆内每天都有的——但是他们谁都记得他们教主制定的每天五次祷告。

"我好容易从死尸堆里撑了出来，爬到相近一条河的河边上一棵大橘子树底下偎着，吓、羸、慌、昏、饿，压得我半死。不到一忽儿我的知觉全没了，睡着了，其实还是昏迷，不是安息。正在这弱极了无知觉的状态，我觉得有什么东西在我身上动着，压了我。我睁开了我的眼珠，见一个白人，顶体面的，在我身旁叹着气，在牙齿缝里漏着话：'O cheSciagnia d' essere Senza Coglioni！'（多倒运，偏偏我是一个阉子！）"

第十二回

老妇人继续讲她的故事。

"我又高兴又诧异地听到了本乡人的口音，但他说的话也来得稀奇，我就回答他说世界上事情比他所抱怨的更倒运的多着哩。我简单地告诉了他我受过的惨毒，说完又昏了过去。他把我抱去邻近一家屋子，放我在床上，给我东西吃，伺候我，安慰我，恭维我，他对我说他从没有见过像我这样美的女人，因此他格外懊恼他现在再也没法要回来的本事。

"'我是生长在那不勒斯的，'他说，'那边每年阉的孩子就有两三千；好多是被割死了的，有的长大后嗓子比女人的还好听，也有爬上来做大官的。我倒是割得好好的，从小就被派去做小礼拜堂的歌童，伺候巴莱士德列丁那的公主娘娘。'

"'伺候我妈！'我叫着说。

"'是你妈，'他说着出眼泪了，'什么！说来你就是我管大到六岁的小公主，从小就看出大起来有你这样美！'

"'正是我，但是我的妈这时候躺在半里路相近的死人堆里，叫人家拉成了四块。'

"我把我的故事全告诉了他，他也把他的讲给我听，他说他是欧洲一个大国派到摩洛哥来跟他们的土皇帝订条约的，事情办妥当了他就带了军火与兵船来帮助推翻别的耶教国的商业。

"'我的事情已经完了，'这个老实的太监说，'我有船到柯

达去，我愿意带你回意大利。'

"我带着可怜他的眼泪向他道谢；他却没有带我回意大利，他把我领到阿尔奇亚斯去，卖给了那里的省长。正当那时候流行非洲亚洲欧洲的大瘟疫到了阿尔奇亚斯，凶恶极了的。你见过地震，不错；可是我说，姑娘，你见过大瘟疫没有？"

"没有。"句妮宫德说。

"你要是见过，"老妇人说，"你就得承认瘟疫更比震灾可怕得多。我见着了。你想想一个教皇的女儿弄到这不堪的田地，还只有十五岁年纪，在不满三个月的时光，受尽了穷苦当奴隶的罪，几乎每天都叫人胡来，眼看她亲生娘被叫人分成四块，尝着饥荒跟打仗的恶毒，这时候在阿尔奇亚斯地方染上了疫病快死了，你想想！我可没有死，但是那太监，那省长，差不多阿尔奇亚斯整个后宫，全死了。

"这大恶疫初度的猖獗刚一过去，省长的奴隶全被卖了；我被一个做买卖的买了去，带到突尼斯那地方；他又把我卖给另一个商人，这商人又拿我转卖到的黎波里；从的黎波里又被贩卖到亚历山大城，从亚历山大城又到司麦那，又从司麦那到君士坦丁堡。到最后我算是归了桀尼沙里人的一个阿加①，他不久就被派去保守阿速夫地方，那时候正叫俄国人围着。

"这位阿加是够风流的，他把他的后宫整个儿带了走，把我们放在一个临河的小要塞上，留着两个黑阉鬼二十个大兵看着我们。土耳其人打得很凶，杀死了不少俄国人，可是俄国人还是报了仇。阿速夫城叫一把火给毁了，居民全给杀了，男女老小，一概不留；就剩了我们这小要塞没有攻下，敌人打算饿死我们。那二十个桀尼沙里大兵赌下了咒说到死不投

---

① 阿加（Aga），土耳其的将军。（编者）

降。饿得没法想的时候，他们怕丢脸就吃了那两个黑太监。再等了几天他们立定主意要吃女人了。

"有一个顶虔心顶善心的牧师和我们在一起，他看了这情形，就讲了绝妙的一篇道理，劝告他们不要把我们给杀了。

"'只要借用这些娘们每人半爿屁股，'他说，"'你们就够吃得饱饱的；你们要是再来不得的话，再过几天你们照样还有一顿饱饭吃；老天爷一定喜欢你们这慈善事业，包你们有救星。'

"他真会说话，他劝动了他们；我们都叫割成了半尴不尬的。那位大牧师拿油膏给我们敷伤，正如他替割了包皮的孩子们敷伤一样；结果我们差一点全死了。

"桀尼沙里大兵们这顿美餐还没有用完，俄国人坐了平底船偷渡了过来；一个桀尼沙里人都没有逃走。俄国人又用了我们，完全没有管我们的狼狈。幸亏地面上什么地方都有法国外科大夫；一个手段高明的替我们医伤——他治好了我们。我这辈子永不会忘记那位法国大夫，他等我的伤收了口就向我求婚。他叫我们不要不高兴，他说这类事情并不稀奇，围城时候常常有的，并且这是合乎打仗的法律的。

"我的同伴一能走路就被他们带去莫斯科。我被派给一个包亚头，替他看花园，他一天给我二十皮鞭。但我这位贵族在两年内在俄皇宫里同另外三十个包亚头为争什么，叫车轮子给碾坏了，我就利用那个机会，偷偷地逃了。俄国哪一个地方我都流到了，我很长一段时间在列加地方上一个小客栈里当下女，又到罗斯托克，到维斯马，到莱比锡，到加索尔，到乌得勒支，到莱顿，到海牙，到鹿特丹，都是当奴才。这样我在苦恼耻辱中过日子，人也渐渐老了，后部只留了半片，心里还老是不忘记我是一个教皇的女儿。有一百来次我想自杀，但我还是贪生。这个可笑的弱点也许是我们人类最糟的特性中的一个；你说可笑不，分明这担子你那时都可以摔下，你却还恋恋不舍地死扛着走？怨极了你的际遇却怎么也不肯死，这不就像是紧紧地抱住一条毒蛇，直到它把你的心咬了去？

"在我所经过的许多国度，在我当过下女的许多客栈里，我见过不少怨他们命不好的，可是我就知道在这么多人里面有八个人居然有志气自杀了：三个黑鬼，四个英国人，一个德国大学教授名字叫洛贝克的。我最后替那犹太人童阿剌卡当老妈子，是他叫我来伺候你的，我的美姑娘。我立定主意跟着你走，我看了你的苦恼，比我自己的苦恼更要难受。要不是你小小地激了我一下，再加上船上讲故事是有这规矩的，我再也不会对你讲我的不幸了。说起来，句妮宫德姑娘，我算是做过人了，我知道世界是怎么回事；所以我劝你自己散散心，听听船上同伴们各人的故事；要是这里面有一个人在他的一辈子里不曾咒过又咒过他的命，不曾有一时自认为是世界上顶苦恼的一个，我准许你拿我这老婆子往海里丢了去。"

第十三回

这回讲赣第德怎样被人家逼着离开他的句妮宫德和那老妇人。

美丽的句妮宫德听完了那老妇人的故事，就对她表示敬意，因为她的身份与经历是该得到尊敬的。她也听她的话，请求同船的客人们一个个地演说他们的来历；讲完了以后她同赣第德都点头说老妇人的话是不错的。

"最可惜的是，"赣第德说，"我们那圣人潘葛洛斯在'审判会'时冤屈地叫人家给绞死了；他要是在，我们又有机会听他替这造孽世界辩护的一番妙谈，我呢，也可以恭恭敬敬地向他提出几个疑问。"

船上客人们正说着话，船已经走了不少的路。他们到了布宜诺斯艾利斯①。句妮宫德、赣第德队长，同那老妇人，一起去拜会当地的省长。他的名字是'童弗南图第贝拉·夷菲哥奥拉·夷马士卡莱纳斯·夷伦普度斯·夷苏杂'。这位贵人有一种神气，正合他那么一大串名字的身份。他对人说话没有把人看得起，自个儿的鼻孔冲着天，拉开嗓子直嚷，也不顾大家难受，撑着他那一脸的神气，跷着脚趾儿跨他那得意劲儿的大步；你去招呼他，就惹他那爱理不理的怪样子，准把你气得什么似的，恨不得当时就痛快地揍他一顿。他看上了

---

① 今阿根廷首都。（编者）

句妮宫德的美。他一开口就问她是不是船主的太太。他那问话的神儿就把赣第德吓一个瘪，他不敢说她是他的太太，因为她确实不是他的太太；他又不敢说她是他的姊妹，因为她本不是他的姊妹。这类不得已的撒谎虽则在往古的老前辈们看得并不出奇，在现代人们更是常常用得着，但他实在是太忠厚了，他不能不说实话。

"句妮宫德姑娘，"他说，"已经允许给我和她结婚的荣幸，我们正要请求省长大人的恩典替我们主婚成礼哪。"

'童弗南图第贝拉·夷菲哥奥拉·夷马士卡莱纳斯·夷伦普度斯·夷苏杂'捻着他的卷边胡子，带讥讽地笑着，吩咐赣第德队长去检阅他的队伍。赣第德遵命走了，留下句妮宫德跟省长在一起。省长立即宣布他的热情，说明天就去教堂结婚都成，反正她愿意怎么样就怎么样。句妮宫德求了半点钟的工夫让她想一想，她要和老妇人商量，看她有什么主意。

老妇人对句妮宫德说这么一番话：

"姑娘，你上祖是有大大的来历的。可是现在一个子儿都没有；现在你有机会做南美洲的最大人物的太太，他不仅有势，并且有顶俏皮的八字胡子。你难道还能自夸你的不容侵犯的贞节？你先被保加利亚的大兵糟蹋过，随后一个犹太人与一个大法官轮流享受你的温柔。生来运气不好还有什么说的。我要是你的话，我再也不踌躇嫁给那省长，也好让赣第德队长发财。"

老妇人正在发表她的年岁与阅历所得来的见地，一只小船进了港口，船上来了一个法官带着他的警察，为了什么呢？看下文。

老妇人猜得正对，他们逃走那时候在巴达霍斯那地方偷句妮宫德的钱和珠宝的正是一个游方和尚。他偷了去想卖一点钻石给一个珠宝店掌柜；那掌柜一见就认出是那大法官的东西。那和尚被破了案，在受绞刑前招认了是他做的贼。他也说了那几个失主是什么样子的人，往哪儿去的。这时候句妮宫德和赣第德的脱逃，官场已经知道。他们追踪到卡提市，马上开了一只船去追。那船已经进了布宜诺斯艾利斯的港口。报告来说是法官就快上岸，他来是为逮捕杀死大法官的凶手。有主意的老妇人马上有了主意，认为事情应该这样对付：

"你逃是逃不了的，"她对句妮宫德说，"你也用不着害怕，因为杀人的并不是你；再说爱你的省长大人也不能让你受人家欺负；你待着没有事。"

她赶紧跑到赣第德那儿去。

"逃吧，"她说，"要不然在半小是时内你就得变成灰。"

不错，要走马上就得走；但他怎么能离得开句妮宫德，再说他往哪儿去躲呢？

第十四回

这回讲赣第德与卡肯波到巴拉圭①的情形。

赣第德从卡提市带来一个随身听差，这类人在西班牙沿海以及美洲殖民地一带是常能碰到的。他是一个四分之一的西班牙人，父亲是图库曼一个杂种；他做过歌童，当过庙里香火，上过海船，住过庙，挑过杂货担，当兵打过仗，最末了当听差。他的名字叫卡肯波，他爱他的主人，因为他的主人是个很好的人。他很快地把那匹安大路辛马给上好了鞍子。

"走吧，主人。咱们就听那老太太的话吧！咱们快走，往前跑，没有错儿，头都不用回。"

赣第德出眼泪了。

"啊，我的亲爱的句妮宫德呀！我一定得丢了你跑不成？好不容易这儿的省长已经答应替我们主婚，句妮宫德，你单身在这生疏的地方怎么得了？"

"她自个儿总有办法，"卡肯波说，"女人们永不会没有主意，天帮着她们，我们去我们的吧。"

"那你的意思是要把我带哪儿去呢？我们上哪儿去好呢？没了句妮宫德，我们怎么会好呢？"赣第德说。

"咒他的，"卡肯波说，"你本来是去打天主教徒的；让我们去帮着他们打吧。我道儿熟，我带你去，他们得到你这样

---

① 今阿根廷的一个省。（编者）

一个懂得保加利亚兵法的军官，一定高兴得很哪。你可以发洋财；我们这边儿干不成，就去那边儿试试，愁什么的。单就换个新地方看看，找个新事情做做也就有意思不是？"

"那么你去过巴拉圭的？"赣第德说。

"唔，当然，"卡肯波说，"我做过圣母学院的听差，我知道那些好神父们的政府就跟我知道卡提市的街道一样熟。那政府不坏哩。他们有三千里路见方，分成三十个省份；什么东西都归神父们的，平常人什么都没有；这是理性与公道的一个杰作。我也许眼光仄，可是我真佩服那些神父们，他们在这边对西班牙与葡萄牙的国王宣战，回欧洲去又受他们的忏悔；在这边的西班牙人，到马德里去又送他们上天。我看得高兴，我们快赶路。你去一定快活极了的。那些神父们的快活还用得着提，只要他们一听说，一个懂得保加利亚训练的军官来帮着他们！"

他们到了第一个关塞，卡肯波对前锋卫队说有一个军官求见总司令大人。消息传到了卫队本部，立即有一个巴拉圭的军官跑了去跪在总司令面前报告这事情。赣第德与卡肯波叫他们给解除了武装，他们的安大路辛马也被扣住了。这两位客人叫两排大刀队给夹着送上前去；总司令在那一头待着，脑袋上安着一顶三角帽，袍子一边儿钩着，腰间挂着一口刀，手里拿着一杆传命令的长枪。他手一动，他们俩就叫二十四个大兵给团团围住了。一个军医告诉他们，他们还得等哪，司令官不能跟他们说话，因为神父镇守使不许西班牙人开口，除非在他的跟前，也不让他们在地面上住超过三个钟点。

"那么神父镇守使哪儿去了呢？"卡肯波说。

"他才做完了礼拜，巡行没有完哪，"军医回答说，"你们要亲着他的马蹄镫还得等上三个钟头。"

"可是，"卡肯波说，"我们的队长并不是西班牙人，他是德国人，他同我都快饿瘪了；可否让我们一边等一边吃点儿早饭？"

军医去把方才的话传给了司令。

"多谢上帝！"司令大人说，"既然他是德国人，我就可以召他说话；带他到我的亭子里去。"

赣第德到了一个绝美的亭子，柱子都是金的绿的大理石，配着格子窗，里面养着长尾巴的鹦鹉、叫叫的雀儿、小珠鸡儿，还有各种稀奇的小鸟。早饭已经开好，家具全是金的。正当巴拉圭的本地人在田场让太阳晒着，用木头碗吃小米饭的时候，神父司令回到他的园子里来休息了。

他是一个很漂亮的年轻人，脸子长得满满的，肤色是白的，只是颜色深了；他的眉毛是弯弯的，眼珠亮亮的，红红的耳，朱砂的口唇，雄赳赳的神气，但那神气既不像西班牙人的又不像天主教徒的。赣第德与卡肯波收回了他们的武器，两匹安大路辛马也回来了；卡肯波就在亭边拿麦子喂马，眼老溜着它们以防万一。

赣第德先跪着亲了司令大人的袍角，然后他们一起坐下来吃早饭。

"说来你倒是一个德国人？"神父用德国话问。

"正是，神父。"赣第德答。

才说着这两句话，他们你看着我我看着你的，十分惊异，表示彼此都受着制止不住的感动。

"你是德国哪一处的人？"神父问。

"我是那齷齪的韦斯伐里亚地方的人，"赣第德说，"生长在森窦顿脱龙克爵第里的。"

"喔，天啊！有这回事吗？"司令官叫了起来。

"真神奇极了!"赣第德也喊了。

"真的是你吗?"司令官说。

"不会的吧!"赣第德说。

他们跳了起来,抱做一团;流了无穷的眼泪。

"什么,是你,神父? 你,亲爱的句妮宫德的哥哥! 你,你不是被保加利亚人给杀了吗? 你,那爵爷的公子! 你,在巴拉圭当教士! 这世界真是怪了。喔,潘葛洛斯啊,潘葛洛斯! 你要是没有叫人家给绞死,今天在这儿得多快活!"

司令官差开了伺候的黑奴以及巴拉圭人等,他们都是站在一旁手捧着水晶杯上蜜酒的。他谢过了天父同圣依格拿雪斯,谢了又谢;把赣第德紧紧地抱着;他们的脸儿全在泪水里浸着。

"你准备听更使你奇怪,更使你感动,更使你狂喜的消息吧,"赣第德说,"你知道句妮宫德,你的妹妹,你以为她早叫人给拉破了肠子是不是? 其实她好好地在着哪。"

"哪儿?"

"就在你紧邻,在布宜诺斯艾利斯的省长那里;本来我还带了兵来打你哪。"

他们愈说愈觉着稀奇。他们的灵魂在他们的舌尖上摇着,在他们的耳朵里听着,在他们的眼里亮着。他们是德国人,所以一开谈就完不了,一边等着神父镇守使来,下面是司令官对赣第德说的一番话。

第十五回

这回讲赣第德怎样杀死他亲爱的句妮宫德的哥哥。

"那一个凶恶的日子我永远忘不了，那天我眼看着我的爹娘被人给杀死，我的妹子被人糟蹋。等到保加利亚人退出的时候，我妹子找不着了；可是我的妈，我的爹，我自己，两个女佣人，三个孩子，全是被他们杀死的，一起装上一辆柩车，运到离我们家二十里路的一个罗马教堂去埋葬。一个教士拿点圣水给我们洒上，那味儿咸死了。有几滴掉在我的眼里，那教士看见我眼皮子动了一下，他把他的手按在我的心上，觉得还在跳着。他就救了我，过了三星期我也复原了。你知道，我的亲爱的赣第德，我本来长得美，随后愈长愈美，所以那神父名字叫提得里的——他们那一家子是野蛮出名的，他是那家的家长——就跟我十二分地亲昵。他让我进了教当教士，过了几年把我送到罗马去。罗马的神父长正在招募年轻的天主教士。巴拉圭的长官不愿意西班牙的教士进去；他们宁可要别国的教士，因为肯服从他们的号令。神父长看我够格，就把我送到这儿的葡萄园里来做事情。我们动身了——一个波兰人，一个铁洛儿人，我自己。我到了此地，他们封我做教会里的副执事，又给了我一个中尉的军衔。我现在是陆军大佐兼牧师。我们正打算好好地招待西班牙国王的军队；我的职务是要在教会里除他们的名，还得把他们打一个烂。上天派你来帮助我们。可是你说我的亲妹妹句妮宫德是在布宜诺斯艾利斯，跟着那里的省长，是真的吗？”

赣第德起了誓让他相信再没有更真确的消息了，他们的眼泪又重新流了一阵。这小爵爷忍不住又抱了抱赣第德；叫他亲兄弟，叫他恩人。

“呵！也许你我，”他说，“可以一起打胜了敌兵进城去，救我的妹妹句妮宫德。”

“我再不要别的东西了，”赣第德说，“因为我原先就想娶她，我现在还存有希望。”

“你这不要脸的！”小爵爷说，“你敢厚脸想娶我的妹子，她的来历你哪够得上？想不到你会得荒唐透顶地胆敢在我跟前说出这样的狂想！”

这番话吓坏了赣第德，他回答说：

“神父，贵族不贵族是无所谓的，我把你的妹子从一个犹太人和一个大法官的手里救了出来，她十分感激我，她情愿嫁给我；我的老师潘葛洛斯常对我说人都是平等的，我一定得娶她。”

“你看着吧，你这光棍！”森窦顿脱龙克爵爷教士说，他一头就拿他的刀背在赣第德的脸上扎了一下。赣第德一回手也拉出了他的刀子，对准了教士先生的肚子捅了进去，直捅到刀柄才住手；但拉出来的时候觉得热烘烘的满是血腥，他又哭了。

“天啊！”他说，“我杀了我的旧主人，我的好朋友，我的大舅爷！我是全世界脾气最好的人，可是我已经杀了三个人，而且两个是牧师。”

卡肯波在园门口把着，跑了过来。

“我们再没有别的办法，除非拼我们的命多捞回一点本，”他的主人对他说，“一忽儿就有人进来，我们怎么也得死。”

卡肯波是饱经风霜的老手，他的头脑没有乱；他剥下了爵爷的教士衣，给赣第德穿上了，又给了他那顶方帽子，扶他骑上了马。这几层手续他在一转眼间就做完了。

"我们快跑，主人，谁都认你是个教士，出去指挥你的军队去的，我们准可以在他们追着我们之前逃出边境。"

他说完了话就打马飞也似的跑了，用西班牙话高声喊着：

"躲开，躲开，神父大佐来了。"

第十六回

这回讲他们主仆二人，以及两个女子，两只猴子，一群叫作奥莱衣昂的土人，种种情形。

德国教士被害的消息还不曾透露，赣第德和他的听差早已逃过了边界。细心的卡肯波把路上的食粮也给预备下了，什么面包、可可糖、咸肉、水果、酒，满满地装了一大口袋。他们骑着安大路辛的快马向着野地里直冲，路都没了的地方。随后他们到了一块美丽的草地，碧葱葱的有几条小溪流着。我们这两位冒险的旅行家停了下来，喂他们的牲口。卡肯波要他的主人吃一点东西，他自己先做了个样子。

"你怎么能叫我吃咸肉，"赣第德说，"我杀死了爵爷的公子，又从此再也会不到我那美丽的句妮宫德，哪还有心思吃？我再延着我这苦恼的日子有什么好处，离着她远一天，我心里的懊恼也深似一天，再说这要叫德莱符报①的记者知道了，他又不定要说什么话了。"

他一边申诉着他自己的苦命，一边尽吃。太阳下山了。忽然间有幽幽的叫声，像是女人的，传到了这两位漫游客的耳朵里。他们说不清这叫声是嚷痛还是快活；可是这一来他们心里忐忑地觉着害怕，本来在一个陌生的地方，一点子小动静就可以吓唬人的。这叫响的来源是两个裸体的女孩子，她

---

① 德莱符，法国一个城市名。当时耶稣会教士在那里办了一份报纸，批判反对宗教的哲学思想。（编者）

们俩在草地里跳着跑，背后有两只猴儿追着她们，咬她们的屁股。赣第德看得老大的不忍；他在保加利亚当兵的时候学过放枪，他本事也够瞧的，可以打中篱笆上的一颗榛子，而不碰动树上的一片叶子；他拿起他的双筒式的西班牙火枪，开枪打死了那两只猴子。

"上帝有灵！我的亲爱的卡肯波，我居然把那两个可怜的孩子救出了莫大的危险。要是我杀死一个大法官与一个教士作了孽，这回我救了两个女人的命总也够抵了。她们俩也许是这一带好人家的姑娘；这一来也许于我们还有大大的好处哩。"

他正说得起劲，忽然停住了，他见那两个女孩子紧紧地抱着那两个死猴儿在痛哭，眼泪流得开河似的，高声地嚷着，不知有多大的悲伤。

"我真想不到世界上有这样软心肠的人。"他回过来对卡肯波说。卡肯波回答说：

"主人，你这才做下了好事情；你把那两位年轻姑娘的情郎给杀死了。"

"情郎！有这回事吗？你说笑话了，卡肯波，我可不信！"

"亲主人，"卡肯波说，"你看了什么事情都奇怪。尽有地方猴儿有法子讨女人的欢喜，有什么诧异的；猴儿还不是四分里有一分是人种，正如我四分里有一分是西班牙种。"

"啊啊！"赣第德说，"我记得我的老师潘葛洛斯是对我讲过的，他说从前这类事情常有，什么马身人形的，牛身人形的，羊身人形的一类怪物，就是这么来的；他还说我们老祖宗们都亲眼见过这类东西来的，可是我听的时候只当它完全是怪谈。"

"你现在可明白了不是，"卡肯波说，"那话一点也不假，好多没有受过正式教育的人就这样使唤那些畜生；我怕的是那两位姑娘要耍我们把戏，那可不得了。"

这番有见地的话说动了赣第德，他赶快掉转马头离开了这草原，躲进了一个林子。他和卡肯波用了晚饭；咒过了葡萄牙的大法官，布宜诺斯艾利斯的省长，以及新杀死的爵爷，他们俩就倒在草地上睡了。他们醒过来的时候觉得不能活动了；因为在半夜里来了一大群那一带叫作奥莱衣昂的土人，拿住了他们，用树皮做的粗绳子把他们给捆一个坚实，通消息的就是方才那两个女子。他们俩叫五十个一丝不挂的奥莱衣昂人给围着，手里拿着弓箭木棍石斧一类的凶器。有几个人正在烧旺着一大锅油，有的在预备一个树条搭成的烤肉架子，大家全嚷着：

"一个教士！一个教士！我们有仇报了，我们可以大大地痛快一下，我们吃了这教士，我们来吃了他下去！"

"我对你说过不是，我的亲主人，"卡肯波哭丧着声音说，"那两位姑娘会耍我们的把戏。"

赣第德一眼瞥见了油锅和树条，也哭着说：

"真糟了，不烧就是烤。啊！潘葛洛斯老师又该说什么了，要是他来见着'纯粹的物性'是怎么做成的。什么事都是对的，也许的，可是我不能不说对我是太难了，丢了句妮宫德姑娘还不算，又得叫奥莱依昂人放上架子去做烧烤吃。"

这回卡肯波的头脑还是没有糊涂。

"不要灰心，"他对颓丧的赣第德说，"我懂得一点这边土人的话，等我来对他们说话。"

"可别弄错了，"赣第德说，"你得好好地比喻给他们听，吃人是怎样一件不人道的事，又是怎样违背耶稣教精神的。"

"诸位先生们，"卡肯波说，"你们自以为你们今天捞到了一个教士，吃饭有了落儿。不错，本来是，再公道也没有了，

49

对付你们仇人是应该这样的。天然的法律吩咐我们杀死我们的街坊，地面上这儿那儿都按这法儿做。我们要是不惯拿他们当饭吃，那是因为我们有更好的东西哪。你们可没有我们的办法多；那当然，与其让你们的战利品给老鸦老鸹什么治饿，还不如你们自个儿拿来喂馋。可是诸位先生们，你们绝不会选你们的朋友吃。你们信以为你们逮住的是一个教士，说来他倒是帮你们忙的人。你们要烧了吃的是你们仇人们的仇人哪。至于我自己，我是生长在这儿的；这位先生是我的主人，他不仅不是一个教士，他方才还亲手杀了一个教士哪，他身上穿的衣服就是那个人的，因此你们闹糊涂了。你们要是还不信，你们可以拿了他这衣服到你们罗马教的邻居的边界上去，那你们就可以知道我的主人有没有杀死了一个教士军官。这用不到多大工夫，你们什么时候都可以吃我们，要是你们查出我是撒谎。但是我说的是实话。你们在公法、人道、正义的原则上是十分有研究的，你们不会不宽恕我们。"

奥莱衣昂人听了这篇演说觉得有道理。他们在他们重要人物里面派了两个代表去调查这件事情的真相；他们两位执行了他们的任务，不久带了好消息回来，奥莱衣昂人放开了他们的囚犯，对他们表示种种的礼貌，献女孩子给他们，给他们东西吃，重新领了他们巡行他们的地方，顶高兴地报告给大众：

"他不是个教士! 他不是个教士!"

赣第德觉得奇怪极了，为了这个理由他倒恢复了自由。

"多怪的一群人，"他说，"多怪的一群人! 多怪的风俗! 这样看来，我拿我的刀子捅进句妮宫德姑娘的哥哥的肚子倒是我的运气，要不然我早叫他们吞下去了。但是，话又说回来了，'纯粹的物性'还是善的，因为那群人一经查明我不是教士，不但不再想吃我的肉，反而这样优待我。"

第十七回

这回讲赣第德主仆二人到了爱耳道莱朵[1]以及他们在那里所遇见的事情。

"你看,"他们到了奥莱衣昂人的边界,卡肯波对赣第德说,"这一边的世界也不见得比别的地方强,我的话一点也不错;我们趁早赶回欧洲去吧。"

"怎么去法呢?"赣第德说,"我们上哪儿去呀?到我的本国?保加利亚人和阿白莱人见到了就杀。到葡萄牙去?叫人家拿我活活烧死。要是在这儿耽着下去,我们哪一个时候都可以叫他们放上架子去做烧烤吃。可是我怎么能下决心丢开我那亲爱的句妮宫德在着的地方呢?"

"我们往塞昂一带走吧,"卡肯波说,"那边我们碰得到法国人,他们是漫游全世界的;他们会帮助我们,碰我们的运气去吧。"

到塞昂的路不容易走,他们只约略知道应得往哪一个方向去,但是一路多的是大水高山、强盗野人的种种阻难。他们的马在半路上累死了。他们的干粮也吃完了,整整一个月他们就靠野果子过活,后来寻到了一条小河边,沿岸长着椰果树,这才维持了他们的命,也维持了他们的希望。

卡肯波,他的主意比得上那老妇人,对赣第德说:

---

① El Doraob,传说中南美洲盛产黄金的地方。(编者)

"我们再也支撑不住了，我们路走得太多了。我见靠河这边有一只空的小划船，我们来装满一船椰果，上去坐着，顺着水下去。一条河的下游总是有人烟的地方，我们这样下去即使碰不到合意的事情，至少可以换换新鲜。"

"完全赞成，"赣第德说，"我们听天由命吧。"

他们划了几十里路，挨着河边走，有一程花草开得满满的，再一程顶荒凉的；有的地方平坦，有的地方崎岖。这水愈下去河身愈宽展，到了一个地方，水流进了一个巨大的山洞口，上面山峰直挡着天。他们俩胆也够大的，简直就往急流里直冲了去。这河水流到这儿就像是缩紧了似的，带住了他们往前闯，飞似的快，那响声就够怕人。这样整整过了二十四小时，他们才重见天日，他们那只小木船可早叫岩石墩儿给砸碎了。他们挨着石块在水里爬着走，走了十里路模样才发现一块大平原，四边叫高不可攀的大山儿给围着。这儿倒是别有天地，什么都收拾得美美的，又适用，又好看，道上亮亮的全是车，式样挺好看，坐着的男的女的全是异常的体面，拉车的不是平常的牲口，是一种大个儿的"红羊"，跑得就比安达卢西亚、台图恩、梅坤尼次的名马都来得漂亮，快。

"这才是好地方，"赣第德说，"比咱们的故乡韦斯伐里亚还强哪。"

他带着卡肯波往最近的一个村庄走。有几个穿着破锦缎的孩子在路边玩"饼子戏"。这两位外客觉着好玩，就站住了看。那些饼子都是大个儿的，有红、黄、绿各种颜色，在地上溜着转，真耀眼！他们就捡起几个来看：这一个是黄金的，那一个是翡翠的，还有是红宝石的——顶小的一块就够比得上蒙古大皇帝龙床上最大的宝石。

"不用说，"卡肯波说，"这群玩'饼子戏'的孩子准是这儿国王家里的。"

正说着,村庄上的塾师走出来,叫孩子们回书房去。

"瞧,"赣第德说,"那就是国王家的老师。"

孩子们当时就丢开了他们的玩意儿,饼子什么的丢满了一地,他们全走了。赣第德给捡了起来,追着了那先生,恭恭敬敬地递给他,用种种的表情叫他明白那群小王爷们忘了带走他们的金珠宝贝。那老师笑了笑,接过去又掷在地下;他看了看赣第德十分诧异似的,又做他的事情去了。

这两位客人也就不客气,把地下的金子、宝石、翡翠全给收好了。

"我们到了什么地方呀?"赣第德叫着,"这国度里国王的孩子们一定是教得顶好的,你看他们不是连黄金宝石都不看重?"

卡肯波也觉得诧异。这时候他们走近了村庄上的第一家屋子,盖得就像个欧洲的王宫。有一大群人在门口待着,屋子里更热闹。他们听到顶好听的音乐,也闻到厨房里香喷喷的味儿。卡肯波走上去一听,他们说的是秘鲁话,正是他的本乡话,卡肯波本是生长在图库曼的一个村庄上的,那边说的就只是秘鲁土话。

"这儿我可以替你当翻译,"他对赣第德说,"我们进去吧,这是一个酒馆。"

一忽儿就有两个堂倌和两个女孩子身上穿着金丝织的布,头发用丝带绾着的,过来请他们去和屋主人坐在一个桌上用饭。第一道菜是四盘汤,每盘都有一对小鹦哥儿作花饰;第二道是一只清炖大鹰,称重二百磅的;第三道是两只红烧猴子,口味美极了的;再来一盘是三百只小蜂雀,又一盘是六百只珍珠鸟;外加精美的杂菜,异常的面食;盛菜的盘子全是整块大水晶镂成的。末了，他们喝甘蔗制成的各种蜜酒。

和他们一起吃的，很多是做小买卖和赶大车的，都是非常有礼貌的；他们十二分拘谨地问了卡肯波几句话，也十二分和气地回答他的问话。

饭吃完了，卡肯波与赣第德私下商量这顿饭真够贵的，他们不如漂亮些就放下两大块他们在道上捡着的金子算菜钱。他们这一付账倒叫屋主人与他的太太哗哗地大笑，手捧着肚子乐得什么似的。笑完了，屋主人对他们说：

"两位先生，看来你们是初到的生客，我们此地是不常见的；我们忍不住笑是为你们想拿官道上捡来的石块付账，这还得请你们原谅。你们想必没有这边的钱，但是到这屋子里来吃饭是用不着付钱的。我们这里所有为便利商业的旅舍饭馆全是政府花钱的，你们方才吃的饭是极随便的，因为这是个穷的村庄，但是除此以外，你们都可以得到你们应得的待遇了。"

卡肯波把这番话转译给赣第德听，两个人都觉得奇怪极了。

"这究竟是什么地方呀？"他们俩相互地说，"全世界都不知道的一个地方，这边一切事情都跟我们的不一样。也许我们这才找着了'什么都合式'的地方了；因为世界上一定有这么一个地方。不论潘葛洛斯老师怎么说，我的故乡韦斯伐里亚总不见得合式，事情糟的时候多哪。"

第十八回

这回讲他们在"黄金乡"（El Dorado）地方见到的事情。

卡肯波问那掌柜的这是怎么回事，他回答说：

"我是没有知识的，可是有没有于我也没有关系。你要问事情的话，我们这里乡邻有一个老头，他是一向在内廷做官的，现在告老了，论学问论见识，这国度里谁都赶不上他。"

他就带了卡肯波上老头那里去。赣第德这时候只做了配角，跟了他的当差走。他们进了一所极朴素的屋子，因为那门只是银子做的，天花板只是金子做的，可是配制的式样雅致极了，就比那顶富丽的屋子也不寒碜。前厅，不错，也只用红宝石与翡翠包着，可是各样东西安排得太有心计了，这材料朴素也就觉不出来了。

那老头让来客在他的软炕上坐，垫子全是用真蜂雀的小毛儿做的，他吩咐他的当差用钻石的杯子献蜜酒给他们吃；这完了他就说下面这大篇话：

"我今年一百七十二岁，我从我过世的父亲——他是替国王看马的——听到秘鲁革命的事情，他当初是亲眼见来的。我们现在住着的国度古时节是英喀斯人的地方；他们真不聪明，放着这好地方不住，偏要兴兵出去打仗，结果全叫西班牙人给灭了。

"有几家亲王倒是聪明的，他们老守着乡土不放；他们得到了百姓们的同意，立下了一条法律，从此以后，这国度里的人谁都不许走出境；这才保住了我们的和平与幸福。西班牙人也不知怎么的，把我们这地方叫做"黄金乡"；又有一个英国人，他的名字叫华尔德腊雷，在一百年前几乎到了这地方，但是天生这四周的陡壁高山，我们到今天还得安安地待着，没遭着欧洲人的贪淫，他们就馋死了我们这儿的石片跟沙子，为了那个，他们竟可以把我们这儿的人一个个都弄死了。"

这番话谈得很长。大致是讲他们的政治情形，他们的风俗，他们的妇女，他们的公众娱乐，以及各种的艺术。赣第德是对于玄学永远有兴味的，所以他叫卡肯波问这边有宗教没有。

老头脸红一晌。

"那怎么着，"他说，"你们还能怀疑吗？难道你们竟把我们看作不近情理的野人吗？"

卡肯波恭敬地问："这爱耳道莱朵地方行的是什么教？"

老头脸又红了。

"还能有两种教吗？"他说，"我们有的，我信，是全世界的教：我们早晚做礼拜的。"

"你们就拜祷一个上帝吗？"卡肯波说，他还在替赣第德发表他的疑问。

"那自然，"老头说，"不是两，不是三，也不是四。我不得不说你们外来的人就会问离奇古怪的话。"

赣第德还是要揪着这好老头问；他要知道本地人祈祷仪式是怎么的。

"我们不向着上帝祈祷，"这位老前辈说，"我们没有什么问他要的；我们要用的他全给了我们，我们就知道对他表示无限的谢意。"

赣第德又想起要看他们的教士，问他们在哪里。那好老头笑了。

"我的朋友，"他说，"我们全是教士。每天早上国王和每家的家长合唱着庄严的谢恩诗，帮腔的乐师有五六千。"

"什么! 你们就没有教士，管学堂的，讲道理的，掌权的，阴谋捣乱的，乃至专管烧死和他们意见合不上的人们的那群教士?"

"我们又不是发疯，怎么会有那个?"老头说，"我们这里意见没有不一致的，我们简直不明白你们说的教士是什么东西。"

这番话说下来，赣第德听得快活极了，他自己忖着说：

"这可与咱们的韦斯伐里亚跟爵爷府大大地不同了。我们的朋友潘葛洛斯要是见着了那爱耳道莱朵人，他不会再说森窦顿脱龙克的府邸是地面上最好的地方了。这样看来，一个人总得往外游历。"

话讲完了，老头关照预备一辆车和六只羊，另派十二个当差领了他们到王宫里去。

"得请你们原谅，"他说，"我的年纪不容我陪着你们玩，国王对你们的招待一定不会使你们不愿意的；果然要是有地方你们觉得不十分喜欢，你们也一定能原谅到这一半是乡土风俗不同的缘故。"

赣第德与卡肯波坐上了车，六只羊就飞快地跑，不到四个钟头，就到了王宫，地处他们京城的另一头。那王宫的大门有二百二十尺高，一百尺宽；可是用什么材料造的，就没有现成的词来形容。反正那些材料比起他们满路的石片和泥沙，我们叫作黄金和宝石的，显然又高出了不知道多少。

他们的车一停下，就有国王女卫队的二十个美丽的姑娘上去接他们，领他们去洗澡，给他们穿上蜂雀毛织的软袍。之后就有不少内庭的官长，男的女的都有，领他们到国王的屋子去，两旁排列着乐队，一边有一千。快走到的时候，赣第德问他旁边一个官长，他们进去见了国王应该行什么礼节：该两腿跪着还是肚子贴着地，该一只手放在脑袋的前面还是搭在脑袋的后面，还是该开口舐了地板上的灰；简单说，该行什么礼？

"这儿的规矩，"那官长说，"是抱着国王亲他的两颊。"

赣第德和卡肯波就往国王的颈根上直爬。他十分和气地接待他们，恭敬地请他们吃晚饭。

他们饭前参观城子，看各部衙门的屋子高得直顶着天上的云，市场上的大柱子就有几千根，喷泉有各色的，有玫瑰水，有甘蔗里榨出的蜜水，不歇地流向方形的大池潭里去，四周铺满着一种异样的宝石，有一股香味闻着像是丁香肉桂的味儿。赣第德要看他们的法庭和国会。他们说他们没有那个，他们从来没有诉讼行为。他又问他们有没有牢狱，他们也说没有。但是最使他惊奇使他高兴的是那个大科学馆，是有两千尺宽的一座大宫，陈列着研究数学和物理的机器。

逛城子逛了一下午，还只看得千分之一，他们又回到王宫去，赣第德坐上国王的宴席，和他的当差，一群女陪客一起吃饭。款待的好是没有说的了，最无比寻常的是国王在席上信口诙谐的风趣。卡肯波把国王的隽语翻译给赣第德听，虽则是译过一道，他听来还是一样地隽永。他们见到的事情件件都是可惊异的，这国王的谐趣也是一件。

他们在这优渥的王宫里住了一个月。赣第德时常对卡肯波说：

"我说，我的朋友，虽说我当初出世的爵第和这里比是不成话，但是话说回来，这里可没有句妮宫德姑娘；还有你呢，当然不用说，在欧洲一定也有你的情人。我们住在这里，我

们的身份不能比别的人高，但我们要是回我们老家的话，只
要有十二只羊拉着这儿爱耳道莱朵的石片，咱们的富有就赛
得过全欧洲的国王了。"

这话卡肯波也听得进。人类就爱到处漂流，回头到本乡
去撑一个资格，吹他们游历时的见闻。他们俩当时也就不愿
意再做客了，他们决意求国王的允许，准他们回去。

"你们真不聪明，"国王说，"我当然也明白我的国无非是
一个小地方，但是一个人要是找着了一个可以安居的地方，他
就该住了下来。我没有权利强制留客，否则就是专制，我们
这儿的习惯和法律都不容许的。人都是自由的。你们要去就去，
可是去可不容易。要逆流上去走你们下来那条急湍是不可能
的，那河是在山洞里流的，你们能下来就够稀奇的。我们四
围的山都是一万尺的绝壁，每座山横宽就有好几百里，除了陡
壁没别的路。但是既然你们执意要走，我来吩咐我的工程师，
叫他们给造一座机器，送你们平安出境；我们只能送你们到
边界，再过去就不行了，因为我们的人民都起了誓永远不离开
本国，他们也都知趣，从没有反抗的。此外你们要什么尽管
问我要就是。"

"我们也不想求国王什么东西，"赣第德说，"我们只求你
给几只羊，替我们拉干粮，再拉些石片和你们道上的泥沙。"

国王打哈哈了。

"我真不明白，"他说，"为什么欧洲人会这样喜欢我们的
黄沙。如果你们要，尽量拿就是，但愿于你们有用。"

他立即下命令要他的工程师给造一座机器，可以把这两
位客人飞送出他们的国境。整整两千位大数学家一起来做这
件工作，十五天就造得了，所费也不过按他们国里算两千万的
金镑。他们把赣第德和卡肯波放上了机器。另外又给放一只

大红羊，鞍辔什么一应装齐的，预备他们一过山岭到了地面就可以骑，二十只羊挽满了粮食，三十只羊挽国度里的人送他们的古玩礼物，五十只羊挽金子、钻石，以及各色的宝石。国王送别这两位远客，和他们行亲爱的交抱礼。

他们这回走，凭着那巧妙的机器连人连羊一起飞过山，是有意思极了的。那群数学家送他们平安出了境就告辞回去了，这时候赣第德再没有别的愿望，别的念头，他就想拿他的宝贝去送给句妮宫德姑娘。

"现在成了，"他说，"布宜诺斯艾利斯的总督要是准赎句妮宫德姑娘的话，我们就有法子了。我们往塞昂一边走吧。回头我们在路上，看看有碰到什么国度可以买过来的。"

第十九回

这回讲他们在苏列那地方的情形以及赣第德怎样认识马丁。

　　我们这两位游客自从出了爱耳道莱朵，顶称心地过了一天。他们得意极了，因为他们现有的财宝比全欧洲全亚洲全非洲的括在一起还多得多。赣第德一乐就拿小刀子把句妮宫德的名字刻在树皮上。第二天，有两只羊走道一不小心闯进了一个大泥潭，连羊连扛着的宝贝全去了；再儿天又有两只赢死了；又有七八头在沙漠地里饿死了；其余的先后都在陡壁的边沿上闪下去摔死了。总共走了一百天路，单剩下了两头羊没有死。赣第德又有话说了，他对卡肯波说：

　　"我的朋友，你看这世界上发财是不相干的，一忽儿全毁了，什么东西都是不坚固的，除了德行，以及重见句妮宫德姑娘的快乐。"

　　"你说的我都同意，"卡肯波说，"可是我们还有两头羊，它们扛着的就够西班牙国王的梦想。前面我望见一个城市，我想是苏列那，荷兰人的地方。我们已经到了我们灾难的尽头，接下去就是好运了。"

　　他们走近城市，见一个黑人直挺挺在地上躺着，身上只穿着半分儿的蓝布小裤；这苦人儿没了一条左腿，一只右手。

　　"怎么着，朋友，"赣第德用荷兰话说，"你这赤条条地在这儿干什么了？"

　　"我等着我的主人，那有名的大商人墨尼亚梵头滕豆。"

那黑人回答说。

"难道墨尼亚梵头滕豆，"赣第德说，"就这样待你不成？"

"是呀，先生，"那黑人说，"规矩是这样的，他们每年给我们两回衣服，每回给一条布裤，我们在榨蔗糖的厂子里做事，要是机器带住了我们的一个手指，他们就把整只手给砍了去；我们想要逃，他们就斩我们的腿；两件事全轮着我了。你们在欧洲有糖吃，这是我们在这里替你们付的钱。可是那年我妈在几内亚海边一带拿我卖几十块的时候，她还对我说：'我的好孩子，祝福我们的神物，永远崇拜它们；它们保佑你一辈子，你有福气做我们白人老爷的奴隶，你爸你妈的好运就靠着你了。'我不知道我有没有让他们走运，我可准知道他们没有让我走运。狗子，猴子，鹦哥，什么牲畜都强似我，我才比它们不如哪。荷兰拜物教里的人要我进了教，他们每星期早上总说我们都是亚当的子孙——黑的白的一样。我不是研究家谱的专家，但他们说的话要是有根据，那我们还不全是嫡堂的弟兄辈。可真是的，你看，哪有这样的野蛮手段对待自己的家里人？"

"啊，潘葛洛斯！"赣第德说，"先生你绝没有梦见这样的荒谬，这是下流到了底了。我到底还得取消你的乐观主义。"

"什么叫做乐观主义？"卡肯波说。

"唉！"赣第德说，"什么呀，就是什么事情都错了的时候偏要争说是对的这一种发疯。"

眼瞧着那黑人，他流泪了，一边哭着，他进了苏列那城。

第一件事他们打听的是有没有到布宜诺斯艾利斯地方去的海船。他们找着了一个西班牙的船主，他愿意载他们去，要价也顶公道。他约他们到一家酒店见面，赣第德和他忠心的卡肯波就带了他们的两头羊一起去候着他。

赣第德是肚子里留不住话的，他把他历来冒险的经过全对那西班牙人讲了，他也说明白他这回去意思就在带了句妮宫德姑娘一起逃走。

"那好，我可不送你到布宜诺斯艾利斯去了，"那船家说，"我准叫他们给绞死，你也逃不了。那美丽的句妮宫德正是我们督爷得意的姨太太哪。"

赣第德的晴天里半空爆了一个霹雳，他哭了好一阵子。

他把卡肯波拉在一边说话。

"听着，我的好朋友，"他对他说，"这你得帮忙。你我俩口袋里钻石就够有五六百万，你办事情比我麻利得多，你去吧，你去到布宜诺斯艾利斯把句妮宫德带了出来。那总督要是麻烦，就给他一百万；他要是还不肯放她走，再添他一百万；你不比得我，你没有杀死过人，他们不会疑心你的；我在这儿另外去弄一只船，先到威尼斯去等着你。那儿是个自由的国家，什么保加利亚人，阿白莱人，犹太人，大法官们，全害不着我们了。"

卡肯波赞成这好主意。他本是不愿意离开他的好主人，他们俩倒成了患难中的好朋友；但他终究为帮忙他的大事，也就顾不得暂时的难过了。他们彼此挂眼泪抱了又抱，赣第德又嘱咐他不要忘了那好老婆子。当天卡肯波就动身走了。这卡肯波真是个老实的好人。

赣第德在苏列那又待了一段时间，要另外觅一个船主带他和他那两头羊到意大利去。他雇了许多当差的，预备了路上应用的一切东西，果然有一个大船的船主叫做墨尼亚梵头滕豆的来和他讲价。

"你一共要多少钱，"赣第德问来的人，"载我一直到威尼斯——我自己，我的当差的，我的行李，我的两头羊？"

那船家讨价一万元。赣第德一口答应。

"喔，喔！"会打算的梵头滕豆对他自己说，"这位客人出一万元满不在乎似的。他一定是顶有钱的。"

他去一阵子又回来说走这趟得花两万，少了不成。

"好吧，就给你两万。"赣第德说。

"呀！"那船家心里想，"这人给二万就像给十块钱似的爽快。"

他又回去见他，说还不成，到威尼斯去总得要三万。赣第德又答应了。

"喔，喔，"那荷兰的船老板又在打主意了，"三万他都满不在乎，他那两头羊身上扛的一定不知值多少哪；咱们不用再提了。先叫他付下了三万现钱，以后再想法子。"

赣第德折卖了两颗小钻石，顶小的那颗还不止那船家要的船价。他先付清了钱，那两头羊运上了大船；赣第德坐了一个小船跟着去上船。那船家得了机会就不含糊，立刻开船，往大海里跑，正好顺风。赣第德，心胆都吊了，昏了，呆了，眼看着那船影子都没了。

"唉！"他说，"这花枪耍得才够劲儿哪！"

他只得回头，心里甭提多么难受，他这回的损失是足够买二十个国王做。他去找那荷兰的地方官，心里一着急把门又敲得太响了。他进去申诉他的事情，怒冲冲的嗓子又提得太高了。那地方官先治他喧哗的罪，罚他一万；然后他耐心地听他讲，答应他等那船家回来的时候，替他办，又叫他出上一万算是堂费。

这一来可真把赣第德呆住了，虽然他身受的灾难尽有比这还难堪得多，可是那地方官和那强盗船家的冷血态度简直气坏了他，闷得他什么似的。人类的丑陋在他的想象中穷形极相地活现了出来，不由得不悲观抑郁。刚巧这时候他听说有一只法国船快开回保都去，好在他羊也没了，宝贝也丢了，就剩轻松松一个身子，就定了一个房间，只花了通常的船价。他传了一个消息出去，要一个老实的人伴着他到欧洲，一切费用归他，另给两千块钱，就有一个条件：他要的是一个最不满意他现在所处的地位，在全城子里运气最坏的人。

一大群的人哄了来愿意跟他走，人数之多就不用提，整个舰队都怕有些装不下。赣第德为认真甄别起见，先指定了约莫二十分之一的来人，看样子都还不讨厌，都争着求自己中选。他把他们聚在一个客店里，给他们吃一顿饭，他们只要各人起誓从实说他的历史，他一边答应选一个在他听来最不满意他现处地位的人，其余的他也给相当酬劳。

这餐饭一直坐到早上四点钟。赣第德听完了各人的叙述，倒想起了那老婆子在到布宜诺斯艾利斯去路上对他讲的一番话，她不是说，她可以打赌，同船上没有一个客人不曾遭过大灾难的？他听到一段故事就想起潘葛洛斯。

"这位潘葛洛斯，"他说，"再要解说他的哲学系统一定觉得为难。可惜他不在这儿。看来什么都是合式的地方除了爱耳道莱朵，这世界上再也没有的了。"

结果他选中了一个穷书生，他在阿姆斯特丹书铺子里做了十年工。他评判下来，这世界上再没有比书铺子更下流的买卖了。

这位哲学家是一个老实人，但是他上了他老婆的当，吃自己儿子的打，末了他女儿跟了一个葡萄牙人丢下他逃了。他新近又丢了他靠着吃饭的一点小职业；他又被苏列那的牧师们欺负，说他是一个异端。说句公道话，同席的人的苦命至少都比得上他，但是赣第德乐意有一个哲学家做伴，路上有意味些。其余的人都不认服，说赣第德判断不公平，但他给了他们每人一百块钱也就算了。

第二十回

这回讲赣第德和马丁在海道上的事情。

因此这位名字叫马丁的老哲学家就伴着赣第德上船一同到保都去。他们俩都见过得多，吃苦也不少；即便这只船是从苏列那绕道好望角到日本去，他们俩也尽有得盘桓，单这道德的与自然的恶的问题就够他们讨论。

可是赣第德有一件事情比马丁强，他这回去有见着句妮宫德姑娘的希望；马丁是什么希望都没有。再说，赣第德有钱有宝，虽则他丢了那一百头羊和它们扛着的无比珍贵的宝贝，虽则那荷兰船家的诡计不免叫他发愁，可是他一想起他身上毕竟还留下这么多，还有他一提着句妮宫德的名字，尤其是在一餐饭快吃完的时候，他的思想不由地又倾向到潘葛洛斯主义一边去了。

"但是你，马丁兄，"他对那哲学家说，"你看了这情形怎么说？你对于道德的与自然的恶有什么高见？"

"先生，"马丁回说，"我们的教士们把我看作异端，说我是一个苏希宁，其实呢，我是一个曼尼金（苏教派否认恶，曼派并认善恶）。"

"你开玩笑哪，"赣第德说，"现在世界上哪还有曼尼金派的人。"

"我真的是，"马丁说，"我也是没有法子，我的思想只能走这条路。"

"你准被魔鬼迷着了。"赣第德说。

"他在这世界上关系是不浅，"马丁说，"他或许在我的身上，也许什么人身上都有他；但是说实话，每回我眼看着这世界，说这小圆球儿吧，我不由地心里想，上帝的威灵早就让给了什么魔王。我也当然不算上爱耳道莱朵。就我所知，没有一个城子不希望他邻居城子倒霉，没有一家人家不乐意他邻居人家晦气。虽是那儿没有用的人都咒骂强横的，当面可就弯着脊梁恭维；强横的就拿他们当猪羊似的使唤，可又穿他们的皮，吃他们的肉。全欧洲养着整百万编成队伍的凶手，就为没有更正当的职业，单靠着有训练的杀人掳掠，赚他们的饭吃。就在那些表面上看来安享和平文化发展的城市里，那居民们心窝里的妒忌、烦愁、苦恼就比在一个围城里困着的更凶得多。私下的忧愁才比公众的灾难残忍哪。简单说，按我眼见过的身受过的，我不能不是一个曼尼金派。"

"话虽这么说，可是好事情总也有。"赣第德说。

"也许有，"马丁说，"可是我不知道。"

他们正争论着，忽然听着一声炮响，炮声越来越大了。他们全拿望远镜看。在三海里外有两条船正斗着。这法国船正顺着风顶对了去，船上人恰好看一个仔细。一条船横穿放了一排炮，平着过去打一个正中，那一条立时就淹了下去。赣第德和马丁看得真切，有一百来人在那往下沉的船面上挤着；他们全举手向着天，高声叫着，不一忽儿全叫海给吞了。

"好，"马丁说，"这就是人们彼此相待的办法。"

"真是的，"赣第德说，"这事情是有点儿丑陋。"

正说着话，他看到一样他也不知是什么的，一团红红发亮的东西，浮着水往这边船过来。他们把救生船放下去看是什么，不是别的，是他的一头羊！赣第德得回这一头羊的快乐就比他不见那一百头时的愁大得多。

　　法国船上的船主不久就查明了那打胜仗的船是西班牙的，沉的那一条是一个荷兰海盗的，强抢赣第德的就是他。那光棍骗来的大财就跟着他自己一起淹在无底的海水里，就只有那一头羊逃得了命。

　　"你看，"赣第德对马丁说，"这不正是作恶也有受罚的时候。这混蛋的荷兰人才是活该。"

　　"不错，"马丁说，"可是那船上其余的客人何以也跟着遭灾？上帝罚了那一个混蛋，魔鬼淹了其余的好人。"

　　这法国船和那西班牙船继续他们的航行，赣第德和马丁也继续他们的谈话。他们连着辩论了十五天，到末了那一天，还是辩不出一个所以然来。可是，成绩虽则没有，他们终究说了话，交换了意见，彼此得到了安慰。赣第德抱着他的羊亲热。

　　"我既然能再见到你，羊呀，"他说，"我就同样有希望见着我那句妮宫德。"

第二十一回

这回讲赣第德与马丁到了法国海岸。

再过几时，他们发现了法国的海岸。

"你到过法国没有，马丁兄？"赣第德说。

"到过，"马丁说，"我到过好几个省。有几处人一半是呆的，要不然就是太刁；再有几处人多半是软弱无用的，要不然就假作聪明；要说他们一致的地方，就是他们最主要的职业是恋爱，其次是说人坏话，再次是空口说白话。"

"可是，马丁兄，你到过巴黎没有？"

"我到过。我上面说的各种人都在那里。巴黎的人是乱糟糟、杂哄哄的一大群，谁都在那儿寻快乐，谁都没有寻着，至少在我看来是这样的。我住了一段时间。我一到，就在圣日耳曼的闹市上叫扒儿手把我的家当全给剪了去。我自己倒反叫人家拿了去当贼，在监牢里关了八天。此后我到一家报馆里去当校对，赚了几个钱，只够我回荷兰去，还是自己走路的。那一群弄笔头的宝贝，赶热闹的宝贝，信教发疯的宝贝，我全认得。听说巴黎也尽有文雅的人，我愿意相信。"

"我倒并不想看法国，"赣第德说，"在爱耳道莱朵住过一个月以后，在地面上除了句妮宫德姑娘我再也不想看什么了，这话你能信得过不是？我只要到威尼斯去候着她。我们从法国走到意大利去。你可以陪着我去吗？"

"当然奉陪，"马丁说，"人家说威尼斯就配它们自己的贵族住，可是外面客人去的只要有钱他们也招待得好好的。我是没有钱，你可有，所以我愿意跟着你，周游全球都行。"

"可是你信不信，"赣第德说，"我们这地面原来是一片汪洋，船主那本大书上是这么说的。"

"我一点也不信，"马丁说，"近来出的书全是瞎扯，我什么都不理会。"

"可是这样说来，这世界的形成究竟是为了什么？"赣第德说。

"为让我们苦到死。"马丁回说。

"你听了以为奇不奇，"赣第德说，"前天我讲给你听的那两个奥莱衣昂的女子会恋爱两个猴儿？"

"一点也不奇，"马丁说，"我看不出那一类恋爱有什么奇。我见过的出奇的事情太多了，所以我现在见了什么事情都不奇了。"

"那你竟以为，"赣第德说，"人类原来就同今天似的互相残害，他们顶早就是说瞎话的骗子，反叛、忘恩负义的强盗，呆虫，贼，恶棍，馋鬼，醉鬼，吝啬鬼，忌心的，野心的，血腥气的，含血喷人的，荒唐鬼，发疯的，假道学的，傻子，那么乱哄哄的一群吗？"

"你难道不信，"马丁说，"饿鹰见到了鸽子就抓来吃吗？"

"当然是的。"赣第德说。

"那对了，"马丁说，"就像老鹰的脾气始终没有改过，你何以会想到人类会改变他们的呢？"

"喔！"赣第德说，"这分别可大了，因为自由意志——"刚讲到这里，他们的船到了保都码头。

第二十二回

这回讲他们在法国的事情。

赣第德在保都没有多逗留，他变卖了爱耳道莱朵带来的几块石子，租好了一辆坚实的够两人坐的马车就动身赶路；他少不了他的哲学家马丁一路上伴着他。他不愿意的就只放弃那一头红羊，他送了给保都的科学馆；馆里的人拿来做那年奖金论文的题目，问"为什么这羊的羊毛是红色的"。后来得奖金的是一个北方的大学者，他证明Ａ加上Ｂ减去Ｃ再用Ｚ来分的结果，那羊一定是红的，而且将来死了以后一定会烂。

同时赣第德在道上客寓里碰着的旅伴一个个都说"我们到巴黎去"。这样终于引动了他的热心，也想去看看那有名的都会；好在到威尼斯去，过巴黎也不算是太绕道儿。

他从圣马素一边近畿进巴黎城，他几乎疑心他回到了韦斯伐里亚最脏的乡村里去了。

他刚一下客栈，就犯了小病，累出来的。因为他手指上戴着一颗大钻石，客寓里的人又见着他行李里有一只奇大奇重的箱子，就有两个大夫亲自来伺候他，不消他吩咐，另有两个帮忙的人替他看着汤药。

"我记得，"马丁说，"我上次在巴黎，也曾病来的；我可没有钱，所以什么朋友、当差、大夫，全没有，我病也就好了。"

可是赣第德这吃药放血一忙，病倒转重了。邻近一个教士过来低声下气地求一张做功德的钱票①，他自己可以支取的。赣第德不理会他，但那两个帮忙的人告诉他说这是时行。他回答说他不是赶时行的人。马丁恨极了，想一把拿那教士丢出窗子去。那教士赌咒说他们一定不来收作②赣第德。马丁也赌咒说那教士再要捣麻烦，他就来收作他。这一闹闹起劲了。马丁一把拧住了他的肩膀，硬撺了他出去；这来闹了大乱子，打了场官司才完事。赣第德病倒好了，他养着的时候有一群人来伴着他吃饭玩。他们一起赌钱。赣第德心里奇怪为什么好牌从不到他手里去，马丁可一点也不奇怪。

来招呼他的本地人里面有一个叫作卑里高的小法师，一个无事忙的朋友，成天看风色、探消息，会趋奉、厚脸皮、赔笑脸、装殷勤的一路；这般人常在城门口等着外来的乡客，讲些城子里淫秽的事情，领他们去寻各式各样的快活。他先带赣第德和马丁到高迷提剧场去看戏，正演着一出新排的苦戏。赣第德刚巧坐在巴黎几个有名的漂亮人旁边。看到了戏里苦的情节，他还是一样地涕泗滂沱。他旁边一位批评家在休息的时候对他说：

"你的眼泪是枉费了的；那女主角是坏极了的，那男主角更不成；这戏本比做戏的更坏。编戏的人不认识半个阿拉伯字，这戏里的情节倒是在阿拉伯，况且他又是个没有思想的人。你不信我明天可以带二十册批评他的小书给你看。"

"你们法国有多少戏本，先生？"赣第德问那法师。

"五六千。"

"有这么多！"赣第德说，"有多少是好的？"

"十五六本。"

---

① 指忏悔证书。
② 指行丧礼。（编者）

"有这么多！"马丁说。

赣第德看中了一个演一出无意识的悲剧里伊丽莎白女皇的女伶。

"那个女戏子，"他对马丁说，"我喜欢，她那样子有些像句妮宫德姑娘。要是能会着她多好。"

那位卑里高的小法师替他介绍。赣第德，他是在德国生长的，问有什么礼节，又问法国人怎样招待英国的王后们。

"那可有分别，"那法师说，"在外省你请她们到饭店里去；在巴黎，她们好看你才恭维她们，死了就拿她们往道上掷了去。"

"拿王后们掷在路上！"

"是真的，"马丁说，"法师说的不错。我在巴黎的时候孟丽姑娘死了。人家简直连平常所谓葬礼都没有给她——因为按例她就该埋在一个丑陋的乞丐们做家的坟园里。她的班子把她独自埋在波贡尼街的转角上，这对她一定是不舒服的，因为她在时她的思想是顶高尚的。"

"那是太野蛮了。"赣第德说。

"那你意思要怎么着？"马丁说，"那班人天生就配那样。哪儿不是矛盾的现象，颠倒的状况——你看看政府，法庭，教会，以及这玩笑国家各种的公共把戏，哪儿都是的。"

"听说巴黎人总是笑的，有没有那回事？"赣第德说。

"有这回事，"那法师说，"可是并没有意义，因为他们不论抱怨什么总是打着大哈哈的；他们竟可以一路笑着同时干种种极下流的事情。"

"他是谁，"赣第德说，"那头大猪，他把我看了大感动的戏和我喜欢的戏子，都说得那样坏？"

"他是一个坏东西，"那法师说，"他是专靠说坏所有的戏和所有的书吃饭的。谁得意，他就恨，就像那阉子恨会寻快活的人；他是文学的毒蛇中间的一条，他们的滋养料是脏跟怨毒；他是一个腹利口赖。"

"什么叫作腹利口赖？"赣第德说。

"那是一个专写小册子的——一个弗利朗。"

这番话是他们三人，赣第德、马丁和那卑里高的法师靠在戏园楼梯边一边看散戏人出去时说的。

"我虽则急于要会见句妮宫德姑娘，"赣第德说，"我却也很愿意和克莱龙姑娘吃一餐饭，因为她样子我看很不错。"

那法师可不是能接近克莱龙姑娘的人，她接见的都是上流社会。

"她今晚已经有约会，"他说，"但是我可以领你到另外一个有身份的女人家里去，你上那儿一去就抵得你在巴黎几年的住。"

赣第德天然是好奇的，就让他领了去，那女人的家是在圣亨诺利街的底端。一群人正赌着一局法罗，一打阴沉着脸的赌客各人手里拿着一搭牌。屋子里静得阴沉沉的，押牌的脸上全没有血色，坐庄的一脸的急相；那女主人，坐近在那狠心的庄家旁边，闪着一双大野猫眼珠留心着各家加倍和添上的赌注。一边各押客正叠着他的牌。她不许他们让牌边侧露着，态度虽则客气，可是不含糊；她因为怕得罪她的主顾而不能不勉自镇静，不露一点暴躁。她非得要人家叫她巴老利亚克侯爵夫人。她的女儿，才十五岁，亦在押客中间，她看着有人想偷牌作弊就飞眼风报告庄家。那卑里高的法师，赣第德，和马丁进了屋子。谁都不站起来，也没有人招呼他们，也没有人望着他们；什么人都专心一意在他的牌上。

"森窦顿脱龙克男爵夫人也还客气些。"赣第德说。

但那法师过去对那侯爵夫人轻轻地说了句话，她就半欠身起来微微地笑着招呼赣第德，对马丁可就拿身份，点了点头。她给赣第德一个位置一副牌，请他入局，两副牌他就输了五万法郎；接着就兴浓浓地一起吃饭，大家都奇怪他输了这么多却不在意。伺候的都在那儿说：

"今晚咱们家来了一个英国的爵爷呢。"

这餐饭开头是不出声的，那在巴黎是照例的，静过了一阵子就闹，谁都分不清谁的话，再来就说趣话，乏味的多；新闻，假的多；理论，不通的多；再掺点儿政谈，夹上许多的缺德话；他们也讨论新出的书。

"你有没有看过，"那卑里高的法师说，"西安顾侠那神学博士的小说？"

"看了，"客人里有一个回答，"可是我怎么也不能往下看。我们有的是笨书，可是拿它们全放在一起都还赶不上那'神学博士顾侠'的厚脸。我是叫我们新出潮水似的多的坏书给烦透了，真没法子想才来押牌消遣的。"

"那么那副监督德鲁勃莱的《梅朗艳》呢，你看得如何？"那法师说。

"啊！"那侯爵夫人说，"他烦死我了！他老是拿谁都知道的事情翻来覆去地尽说！分明连轻轻一提都不值的事儿，他偏来长章大篇地发议论！自己没有幽默，他偏来借用旁人的幽默！他简直连偷都不会，原来好好的，都让他弄糟了！他真看得我厌烦死了！他以后可再也烦不着我——那副监督的书，念上几页就够你受的。"

席上有一位博学鸿儒，他赞成侯爵夫人的话。他们又讲到悲剧。那位夫人问有没有这样的戏，做是做过的，剧本可是不能念的。那位博学鸿儒说有这回事，一本东西尽可以有相当的趣味，可是几乎完全没有价值；他说写戏不仅来几段平常小说里常见的情节可以触动观众就算成功，要紧的是要新奇而不怪僻，要宏壮而永远不失自然，要懂得人心的变幻，使它在相当的境地有相当的表现；写的人自己是大诗人，却不能让他戏里的人物看出诗人的样子；要完全能运用文字——要纯粹，要通体匀净，要顾到音节，却不害及意义。

"尽有人，"他接着说，"不顾着上面说的条件，也能编成受观众欢迎的戏，可是他那著作家的身份总是看不高的。真好的悲剧是少极了的；有的只是长诗编成对话，写得好，韵脚用得好，此外都是听听叫人瞌睡的政治议论，否则竟是平铺直叙一类最招人厌的；再有就是体裁极丑的怖梦，前后不相呼应颠三倒四的，再加之累篇对神道的废话，无聊的格言，浮夸的滥调。"

赣第德用心听这番议论，十分佩服这位先生，他正坐在侯爵夫人的旁边，就靠过身子去问她，这位议论风生的先生是谁。

"他是一个学者，"她说，"那法师常带他到这儿来，他可不押牌；剧本跟书他都熟，他写过一本戏，演的时候叫人家捅了回去，又写了一本书，除了他的书铺子灰堆里以外谁都没有见过，我这儿倒有一本他亲笔题给我的。"

"大人物！"赣第德说，"他是又一个潘葛洛斯！"

他转过身去问他说：

"先生，那么你对这世界的观察，道德方面以及物理方面，一定以为一切都是安排得好好的，事情是怎么样就怎么样，决不能有第二个样子？"

"你说我，先生！"那学者回说，"你说的我简直不明白，我的经验是什么事都跟我别扭似的，我的经验是谁都不认识他自己的身份，也不知道他自己的地位，他在做什么，他该做什么，全不明白；我的经验是除了吃夜饭，那倒总是开心的，彼此意见也还一致，此外的时光简直全是不相干的闹；这派对那派闹，国会和教会闹，文人和文人闹，窑姐儿跟窑姐儿闹，有财势的和普通百姓闹，太太们跟老爷们闹，亲戚们跟亲戚们闹——这简直是无穷尽的战争呢。"

"顶顶坏的我都见过，"赣第德回说，"但有一位有识见的前辈，他早几年不幸叫人家给绞死了，曾经教给我说这世上什么事都是合式极了的，你说的那些情形只是一幅好看的画上的阴影。"

"你那绞死的朋友，他挖苦这世界哪，"马丁说，"影子正是怕人的污点。"

"弄上污点去的都是人们自己，"赣第德说，"他们可又是不能少的。"

"那么不是他们的错处。"马丁说。

其余的赌客全听不懂他们的话，各自喝他们的酒，一边马丁和那学者还在辩论着，赣第德讲他的冒险给那侯爵夫人听。

吃完了晚饭，侯爵夫人领赣第德到她的暖室里去，叫他坐在一张沙发上。

"啊，好的！"她对他说，"所以你爱定那森窦顿脱龙克的句妮宫德姑娘了。"

"是的，夫人。"赣第德回答。

那侯爵夫人软迷迷地对他笑着说：

"单听你这句话，就知道你这年轻人是德国来的。要是一个法国人，他就说：我从前是爱过句妮宫德姑娘，不错，可是一见了你，夫人，我想我不再爱她了。"

"啊啊，夫人！"赣第德说，"那我就按你的话回答你就是。"

"你对她的一番热，"侯爵夫人说，"开头是替她捡一块手帕。我愿意你也替我捡起我的袜带。"

"十二分的愿意。"赣第德说。他捡起了袜带。

"但是我还想你给我套了上去。"夫人说。

赣第德替她套上了。

"你看，"她说，"你终究是一个外来的客。我有时叫我巴黎的恋人颠倒达半月之久，但是我今晚初次见面就给了你，因为我们总得对韦斯伐里亚来的年轻人表示敬意。"

那夫人早看着客人手指上两块奇大的钻石，她就极口称羡，结果都从赣第德的手上移到她的手上去了。

赣第德跟那小法师一起回去，心里有些懊悔，因为不该对句妮宫德姑娘这样不忠心。那法师对他表示同情，安慰着他；他只到手了那赌局上的五万法郎的一个回扣，还有那两颗半给半抢的钻石，他也有点儿好处。他的计划是尽情极性地占他这位新朋友的光。他常提到句妮宫德姑娘，赣第德告诉他，他这回到威尼斯去见着她的时候，还得求她饶恕他这回的亏心事。

那小法师益发加倍他的敬礼，伺候益发周到，赣第德说什么，做什么，要什么，他都表示十二分地体己。

"那么这样说来，先生，你还得到威尼斯去一趟哩？"

"可不是，法师先生，"赣第德说，"我怎么也得去会我的句妮宫德姑娘。"

这一打动他的心事他更高兴了，索性把他和那美姑娘的情史讲给那法师听。

"我想，"那法师说，"这位姑娘一定是极有风趣，她一定写得好信。"

"我却从没有收到过她的信，"赣第德说，"因为我上次从那爵第里出来就是为她，我一直就没有机会和她通过信。不久我就听说她死了；后来我又找着了她，没有死；后来又把她丢了；最后我送了一封快信到她那里去，离这里够三万里路，我正等着她的回信哪。"

那法师悉心地听他讲，阴迟迟地仿佛是在想什么心事。他一忽儿就告辞了他这两个外国朋友，表情十二分地亲密。第二天赣第德醒过来的时候收到了这样一封信：

"我的至亲的爱，我在这城子里已经病倒有八天了。我听说你也在此。我飞也飞到你的怀抱里来了，只要我能活动。我知道你也是从保都来的，来的时候我把忠心的卡肯波和那老女人留在那里，我自己先赶来，他们隔一天就跟着来。布宜诺斯艾利斯的总督把我所有的东西全拿了去，可是我还留着我的心给你。来吧！你来不是给我命，就叫我快活死。"

这欢喜的消息，这封出乎意料的信，乐得赣第德登仙似的，但他一想起他的情人的病又不禁满心的忧愁。这一喜一悲害得他主意都没了，他立刻带了他的金子宝贝和马丁匆匆出门，到句妮宫德姑娘住着的客栈里去。他走进她的房间，浑身抖抖的，心跳跳的，声音里带着哭，他过去拉开床上的帐子，要个亮光来看看。

"请你小心些，"那女仆说，"她不能见光，"她立刻把床帐又拉拢了。

"我的亲爱的句妮宫德，"赣第德说，眼里流着泪，"你怎么了？你就算不能让我看你，你至少得跟我说话。"

"她不能说话。"那女仆说。

帐子里伸出了一只肥肥的手来，赣第德捧住了用眼泪来把它洗一个透，掏出钻石来装满了她一手，又把一口袋的金子放在床边一张便椅上。

他正神魂颠倒的时候，进房来了一个官长，后面跟着那小法师和一排兵。

"在这儿了，"他说，"那两个犯嫌疑的外国人，"他就吩咐带来的兵抓住了他们往监牢里送。

"爱耳道莱朵不是这样招待客人的。"赣第德说。

"我越发是个曼尼金了。"马丁说。

"但是请问先生，你把我们带到哪里去？"赣第德说。

"监牢里去。"那官长回说。

马丁稍微镇定了些，就料定床上装句妮宫德的是个骗子，那卑里高的法师是一个混蛋，他存心欺侮赣第德的老实；还有那官长也是一个光棍，说不定几句话就可以把他说倒的。

赣第德听了马丁的话，心里急着要见真的句妮宫德，不愿意到法庭上去打官司，他就对那官长说要是放了他就给他三颗钻石，每颗值三千。

"啊，先生，"带象牙徽章的那个人说，"随你犯了多少罪，在我看来你还是好人。三颗金刚钻！每颗值三千！先生，我非但不送你到监牢里去，我真愿意性命都不要了效劳你哪。政府是有命令要拿所有的外国人，可是我有办法。我有一个兄弟在诺曼底的海口迪耶普。我领你上那儿去，只要你再能给他一颗钻石，他一定和我一样殷勤地保护你。"

"但是为什么，"赣第德说，"所有的外国人都要捉？"

"为的是，"那卑里高的法师插嘴说话了，"为的是阿都洼一个穷要饭的听信了瞎话。他上了当把他的君长给杀了，那不是一六一〇年五月一类的事情，那是一五九四年十二月一类的事情，那是其余在别的年份别的月份别的穷鬼听了别的瞎话闯下的一类的事情。"

那官长又替那法师下了注解。

"啊,什么鬼怪!"赣第德喊说,"看这几个人唱唱跳跳的,原来有这么多的鬼!这猴子逗着老虎生气的地方真烦死了我,难道就没有法儿快快地走了出去?我在我自己地方没有见过狗熊,但是真的人我哪儿都没有见过,除了在爱耳道莱朵。上天保佑,先生,快领我到威尼斯去,也好让我见我的句妮宫德姑娘。"

"我至多只能带你到诺曼底的南部。"那官长说。

他立刻叫人把手铐给去了,自己认了错,遣开了他带来的人,带了赣第德和马丁一起动身到迪耶普去,到了就把他们交给他的兄弟。

正巧有一只荷兰船要开。那位诺曼底朋友,有了三颗钻石,伺候得万分周到,把他们放上了一只船,那是开往英国朴次茅斯的。

这不是到威尼斯的路,但是赣第德心想先躲开了这地狱再说,不久总有机会到他的目的地去。

第二十三回

这回讲赣第德同马丁在英国靠了岸以后所见的情形。

"啊，潘葛洛斯！潘葛洛斯！啊，马丁！马丁！啊，我的亲
爱的句妮宫德，这世界到底是怎么一回事？"赣第德在那荷
兰船上说。

"是又蠢又恶的一样东西。"马丁说。

"你知道英国不？英国人是不是同法国人一样蠢？"

"他们是另外一种蠢法，"马丁说，"你知道这两国在加拿
大为几亩冰雪地正打着仗，他们打仗花的钱就比加拿大本身
值的多。说准确一点，你要问我，他们哪一国里有更多的人
应得送进疯人院，我其实是知识太浅陋，决断不下来。我就
大概知道我们快到的地方的人多是阴沉沉有忧郁病似的。"

他们正讲着话，船已经到了朴次茅斯。沿岸排列着一群
群的人，眼睛全瞄着一个好好的人，他那一双眼包着，跪在
海口里一条军舰上。四个大兵对着这个人站着，每人对准他
的脑袋发了三枪，态度镇静到了极点；围着看的人就散了去，
全满意了。

"这是怎么了？"赣第德说，"在这个国度里得势的又是什
么魔鬼？"

他就问方才用那么大的礼节弄死的那个体面人是谁。他
们回答，他是一个海军大将。

"为什么杀这个海军大将？"

"因为他自己杀人杀得太少了。他同一个法国的海军大将开仗，他们查出来说他离着他的敌人欠近。"

"但是，"赣第德说，"那法国的海军大将不是离着他也一样远吗？"

"当然，但是在这一边，他们的经验是过了一段时间总该杀个把海军大将，好叫其余的起劲。"

赣第德这一看一听下来心里直发震，他再也不愿意上岸，他就和那荷兰船主（就让他再吃一次苏列那船主的亏他都不怨）商量要他一直带他到威尼斯去。

那船过了两天就开了。他们沿着法国海岸走，路过一处能望得见里斯本的地方，赣第德直发抖。他们过了海岛，进了地中海。临了在威尼斯上了岸。

"上帝有灵光！"赣第德说，紧抱着马丁，"这才到了我的地方，我可以重见我那美丽的句妮宫德了。我信任卡肯波和信任我自己一样。什么都是合式的，什么都要合式的，什么事情都是再好没有的。"

第二十四回

这回讲巴圭德和修道僧杰洛佛理。

他们一到了威尼斯，赣第德就去寻卡肯波，什么客店，什么咖啡馆，什么窑子，他都去了，可都没有找着。他又每天派人去进港口的船上查问。但是卡肯波的消息一点也没有。

"怎么！"他对马丁说，"我一边从苏列那走海路到保都，又从保都到巴黎，又从巴黎到迪耶普，又从迪耶普到朴次茅斯，又绕着西班牙和葡萄牙的海岸，走了大半个地中海，过了这好几个月，怎么，我那美丽的句妮宫德还没有到这儿！她没有见着，倒见着了一个巴黎婊子和一个卑里高的法师。句妮宫德一定是死了，除了死我也再没有路了。唉！何必呢，早知如此，何不就在爱耳道莱朵的天堂里待着，回到这倒霉的欧洲来干什么了！你的话是对的，马丁，哪儿哪儿都是苦恼，都是做梦。"

他又犯忧郁病了，他不去听戏，也不到跳舞场去散心；简直什么女人都打不动他。

"你的脑袋实在是简单，"马丁对他说，"你居然会相信一个杂种的听差，口袋里放着五六百万的现金，会跑到地球的那一头去寻着你的情人，还会带了她到威尼斯来见你。他要是找着了她，他不会留了给自己吗；要是找不着她，他不会另外去弄一个吗。我劝你忘记了你的贵当差卡肯波及你的贵相知句妮宫德吧。"

马丁的话也不能安慰他。赣第德忧郁更加深了，马丁还劝着他说这世界上本来没有多少德行的快乐，也许爱耳道莱朵是例外，但是那边又是进不去的。

他们正在闷着等消息的时候，赣第德一天在圣马克的方场上见一个年轻的梯亚丁①修道僧人手臂上挽着一个姑娘。那梯亚丁脸上气色极好，又胖，又精神；他的眼亮得发光，他的神气十分傲慢，样子也高傲，脚步也潇洒。那姑娘长得也美，她口里唱着调儿；她俏眼玲玲地瞅着她的梯亚丁，还不时用手去扯他的胖脸子。

"至少你得承认，"赣第德对马丁说，"这两个人是快活的。以前我碰着的人没有一个不是倒运的，除了在爱耳道莱朵；但是眼前这一对，我敢和你赌东道，他们俩是快活的。"

"我赌他们是不快活的。"

"我们只要请他们来吃饭，"赣第德说，"就可以知道谁看得对。"

他就过去招呼他们，介绍自己，说了些客气话，请他们到他的客店里去吃麦古龙尼面条②，朗巴的野味，俄国的鱼子，喝孟代、格利士底、雪泼洛斯、沙摩士各种的名酒。那姑娘脸红了，那男人答应了，女的也就跟着他，眼看着赣第德，样子又疑又惊的，眼里掉了几点泪水。刚一走进赣第德的房间她就叫了出来：

"啊! 赣第德先生，不认识巴圭德了。"

赣第德还不曾留心看过她，他的思想完全是在句妮宫德身上；但是她一说话他就想起来了。

"啊!"他说，"我的可怜的孩子，还不是为了你，那潘葛洛斯博士才倒了他的八辈子的运?"

---

① 十六世纪时梯亚陀主教创立的一个教派。（编者）
② 麦古龙尼——意大利式面条，即通心粉。（编者）

"唉！正是为了我，先生，真的是。"巴圭德回说，"看来你所有的情形全知道了，我也曾听说我那男爵夫人一家子怕人的灾难，还有那句妮宫德姑娘的苦恼。你信不信我的命运也不见得比她的强。你认识我的时候我还是一个好好的孩子。一个灰袍的游方僧，我在他手里忏悔的，轻易就骗我上了当。下文就惨得怕人。自从你叫那爵爷几腿踢出府门以后，我不久也就脱离了那府第。要不是碰着一个有名的外科医生，我那时早就死了。我做了一段时间他的姨太太，就为报他的恩。他的太太吃醋吃狠了就每天死命地打我，她是一团的火。那医生是最丑的一个男人，我是最倒霉的一个女人，为了他，我每天挨打，我又不爱他。你知道，先生，一个坏脾气的女人嫁给一个医生是一件多么危险的事情。他看了他太太的狠劲也发了火，一天她伤了风，他就给她一点药吃，灵极了的，不到两个钟头她就死了，抽搐得怪怕人的。他太太的娘家要办他，他逃了，我被人家关在牢里。我本来是无罪的，但救命还亏着我模样长得好。那法官放了我，条件是他继承那医生的权利。我的位置不久又被另一个女人给抢了去，我又做了流落的穷鬼，没法子只能再干这不是人做的职业，这在你们男子看来只是开心，在我们女人自己简直是地狱的末一层。我到威尼斯来还是干这个事情。啊，先生，你想想看，不论是谁来我一样得敷衍，得抱着装亲热，他许是一个老掌柜的，一个管告状的，一个和尚，一个撑船的，一个小法师，什么羞，什么辱，都得承受。有时穷得连裙子都得问人借，穿上了还不是又被一个讨厌男人给撩了起来。好容易从这个人身上攒了一点钱，轻易又叫另一个给抢了去；平常还得受警察一路人的压迫、勒索；前途望过去就只是一个丑恶的老年纪，一个医院，一个荒坟；你替我这样一想，你看我是不是要算这世界上顶苦恼的人们里的一个。"巴圭德这一番呕心的话，当着马丁面，说给赣第德听，说完了，马丁就对他的朋友说：

"你瞧，我的东道是不是一半已经赢了。"

杰洛佛理在饭厅里等饭吃，先喝了一两杯酒。

"可是，"赣第德对巴圭德说，"我见你的时候你那样子看来顶开心，顶满足；你唱着小调儿，偎着那梯亚丁多亲热的样子，我正以为你是快活人，谁知听你讲下来正是相反。"

"啊，先生，"巴圭德回说，"这正是我们这项生意的一个特别苦恼之处。昨天我叫一个法警抢了钱去，还挨了他的打，可是今天我一样还得装着笑脸讨好一个游方僧。"

赣第德不再往下问了，他承认马丁是对的。他们坐下来一起吃饭；饭菜很不错，他们越谈越觉得是知己，彼此随便说话。

"神父，"赣第德对那和尚说，"我看你的样子真幸福，谁都得羡慕你；健康的鲜花在你的脸上亮着，从你的表情可以看出你心里的快活；你有一个顶美的女孩子替你解闷，想来你对于你的地位也是顶满意的。"

"有你的话，先生，"杰洛佛理说，"我但愿所有的梯亚丁都沉到海底里去。有好几百回我恨极了，想放把火烧了那道院，自己跑了去做"偷克"（土耳其人）完事。我的爹娘逼着我十五岁那年就穿上了这身讨厌的衣服，为的是替一个倒运的哥哥多赚一份钱。住在道院里的是妒忌，分歧，暴烈。当然我也曾训过几次不通的道，赚到手一点小钱，一半叫方丈偷了去，另一半津贴我维持我的女人们；但是到晚上我回到院里，我真恨不得一头在墙壁上碰死了去。我的同事也都是一样的情形。"

马丁转身向着赣第德，还是他平常那冷冷的态度。

“好了，”他说，“东道不全是我赢了？”

赣第德给了巴圭德一千块钱，也给了杰洛佛理一千。

“我敢说，”他说，“有了这钱他们可以快活了。”

“我一点也不信，”马丁说，“你给了他们这点儿钱，也许使他们更苦恼一点。”

“管他将来怎么样，”赣第德说，“只是一件事情我高兴。我们不是常碰着我们想来再也碰不到的人。所以，也许，正如我碰着我那红羊和巴圭德，我也有机会碰着句妮宫德。”

“我但愿，”马丁说，“她有一天能使你快活，可是我十分怀疑。”

“你真什么事都信不过。”赣第德说。

“我做过人了。”马丁说。

“你看那些撑船的人，”赣第德说，“他们不是老唱着吗？”

“你看不见他们，”马丁说，“在家里跟他们的老婆和一群孩子时候的样子。威尼斯的总裁有他的烦恼，船上人也有他们的。仔细想下来，当然，撑一只江朵拉①的生活比做总裁的要好；但是我看来这分别也够细的，不值得研究。”

“常听人说起，”赣第德说，“那位巴郭元老，他住在白能塔岛上那大楼里，据说他接待外宾是最殷勤的。他们说这个人一辈子不曾有过什么不痛快。”

“我倒要去看看这样一个奇人。”马丁说。

赣第德立即派人去求那议长爵主准许他们第二天去拜会他。

---

① 江朵拉——威尼斯的游艇名。（编者）

第二十五回

这回讲他们去拜会一个威尼斯的贵族。

赣第德同马丁在白能塔岛上坐了一只江朵拉,到了那高贵的巴郭先生的府第。他的花园布置得十分有心胸,装饰着不少美的白石的雕像。那府第造得也极美观。

府主人是一位六十岁的老人,顶有钱的。他接待他们的神情是一种谦恭的冷淡,赣第德心里就不愿意,但他对马丁却一点也不嫌。

先出来的是两个美貌女子,穿着顶清趣的,端上可可茶来敬客,味道调得适口极了。赣第德不能不夸奖她们的相貌、风姿、态度。

"她们的确是还不坏,"那元老说,"我有时叫她们陪我睡,因为镇上那一群娘儿们真叫人烦,她们那妖娆相,她们那醋劲儿,她们那斗劲儿,她们那幽默,她们那小气,她们那骄相,她们那蠢相,你还得写律诗去恭维她们,真叫人烦。但是,话说回来,这两个孩子我也有点儿厌了。"

吃过了早饭,赣第德走到廊子里去,发现挂着不少绝美的名画。他问头上这两张是哪一家画的。

"是拉斐尔画的,"那元老说,"我出了大价钱买来的,为争面子,有几年了。据说要算是意大利最好的东西了,但是我一点也不喜欢。那颜色太黑,人物也修得不够灵活,线条也不够明显,那衣褶看上去一点也不像软料。简单说,随你怎么看,我在这张画上看不出一些真的自然的模仿。我爱的一类画是我看了就好像见着自然本身，这几幅画全不对。我画有不少，但是我并不看重。"

下午巴郭召集了一个音乐会。赣第德很喜欢那音乐。

"这闹，"那元老说，"就有半个钟头可听，可是时间再一长，谁都听了烦，虽则有人口上不说。音乐，在今天，只是演奏繁难调子的艺术，可是单只是难的东西绝不能长久让人欢喜。我也许会喜欢奥配拉①，要是他们不曾把它弄成这怕人的怪东西。你不信去看，几本坏戏拿音乐给谱上，那些布景唯一的目的就只是添上点儿花样，出来几个角儿唱三两支不伦不类的歌，卖弄一个女伶地嗓子。要不然就是阉子似的宝贝在台上不伶不俐地摆着，或是西撒，或是卡朵。自然尽有爱看这类戏的人，尽有得意得什么似的哪。至于我，可早就放弃这一类卑劣的娱乐，那还算是近代意大利的光荣，各国的君主还出了大价钱来买着看哪。"

赣第德关于这一点辩了几句，可也顶见机的。马丁完全和元老一边。

他们坐下来吃饭，吃完了一餐极漂亮的饭，他们走进书房里去。赣第德见有一本《荷马》装订得极美，他就极口夸奖主人的品味。

"这书，"他说，"当初是潘葛洛斯大博士的癖好，他是德国最好的哲学家。"

"这书不是我的，"巴郭冷冷地回答说，"也曾有一时他们让我自以为念他有兴味。但是那连续重复的战争，每次多半是一模一样的；那些神道老是忙着，可没有做什么有决断的

---

① 奥配拉——歌剧。（编者）

事情；那海伦女，她是战争的起因，可是全书里真难得出面；那屈洛挨城，老是围着可又攻不破；这些个事儿看了都叫我大大的生厌。我也问过有学问的人，他们是不是跟我一样看了厌烦。不说谎话的就承认那部诗看了让他们想睡觉，可是他们还是一样得把它放书房里供着，算是一座古时的牌坊，正同他们留着生锈的古钱再没有使用的一样的意思。"

"但是阁下绝不是这样看浮吉尔？"赣第德说。

"我承认，"那元老说，"他的《依尼德》的第二、第四、第六十三卷确实要得，但是说到他那一心归命的依尼德，他的强横的克洛安德司，他的朋友阿卡德斯，他的小阿斯贡尼司，他的蠢国王拉底内斯，他的波淇洼阿马达，他的无聊的拉微尼亚，在我看来再没有更平淡更无味的作品了。我倒喜欢塔索，甚至阿里奥斯托的睡迟迟的故事还看得些。"

"可否请问，先生，"赣第德说，"阁下念霍拉斯不会没有兴味不是？"

"这位作者的格言最多，"巴郭回说，"平常人看了有很多好处，又因其是用雄赳赳的诗句写的，看了更容易记得。可是我不喜欢他那到勃伦都雪姆的旅行，他写吃饭那一节，或是他的卑琐的斗口，一边是一个罗璧立斯，他的话，按作者说，满是毒性的垃圾，那一边一个的话是在酸醋里浸透了的。我念过他那骂老女人和巫婆的秽词，恶心得很；还有他告诉他的朋友梅水那斯，说他只要把他放在抒情的诗人队里，他的高昂的脑袋就碰着天上的星，我看来全无意义。傻子才看一个有名的作者什么都是好的。至于我，我念书只为自己。我喜欢的就是只合我脾胃的东西。"

赣第德念书从来不知道自己下评判的，听了这番话很以为奇。马丁觉得巴郭的批评有些意思。

　　"喔！这不是西塞罗，"赣第德说，"这位大人物我想你一定念不厌了吧。"

　　"我从来不念他，"那威尼斯人说，"管他替拉皮立斯或是克龙底斯辩护，于我有什么相干？我自己审判案件就够多了，他的哲学作品在我看来还好些，可是我一发现他什么都怀疑，我的结论是他知道的不比我多，我何必再去从他，有什么可学的？"

　　"哈！这是科学院八十卷的论文，"马丁叫道，"这一集书里或许有些有价值的东西。"

　　"或许有的，"巴郭说，"只要那一班收拾垃圾的专家里有一个告诉我们做针的法子。可是在这一大堆的书里什么都没有，除了幻想的结构，一点儿有用的东西都找不到。"

　　"我这一边又是什么戏剧著作，"赣第德说，"意大利文的，西班牙文的，法文的。"

　　"是的，"那元老说，"一共有三千出，可是这里面有一点点子道理的书连三打都不到。那一堆讲道的集子，拼在一起还抵不过辛尼加一页书的价值；还有那些神学的大本子，你可以信得过，不仅我，谁都不会打开来看一看的。"

　　马丁见一个书架上全是英文书。

　　"我有一个设想，"他说，"共和派的人一定爱读这一类书，因为它们表示一种自由解放的精神。"

　　"是的，"巴郭回说，"一个人能写他心里想的，确是一件高尚的事，这是人道的特权。在意大利，我们只写下我们心里不想的东西；住在西撒和安当尼奴司的本乡的人绝不敢擅自发表一点子独特的意见，他什么事都要经修道院里和尚们的允许。我十分愿意得到那启发英国民族天才的自由，假如狂热和党见不曾把这宝贵的自由的精神所在全给糟蹋了去。"

　　赣第德见着一本弥尔顿，就问主人是否把这位作家看作一个伟人。

"谁?"巴郭说,"你说那野蛮人,他写了十大卷粗糙的诗句,注解那《创世纪》的第一章。他是学希腊人只学成了一个粗浮,丑化了创世的故事,他叫米赛亚从天堂的武库里,拿一把圆规来勾画摩西的工作,原来摩西是万有的化身,一句话就产生了这世界? 我怎么能看重这样一个作者。他弄糟了塔索的地狱和那魔鬼,他一时把鲁雪佛变成一只蟾蜍,一时又把他变成一个矮子,叫他老说一样的话,几百遍都重复过去,叫他讨论什么神学。还有他把阿里奥斯托的滑稽的军火插话认了真,给编了进去,竟教那些魔鬼在天堂上大放其炮? 不说我,这儿意大利谁都看不上那些个阴惨的荒唐,那恶与死的结婚,还有那恶生下来的一群蛇,这在有一点子眼力的人看了都得笑翻肠胃(他那一长段时疫所的描写只配一个挖坟的人看)。这篇又晦又怪又招厌的诗一出来就叫人唾骂,我今天也无非拿他本国同时代人的眼光去看它罢了。关于这一点我说的是我心里想的,至于旁人是否和我一样看法,那我也管不着。"

赣第德听了这一连篇话心里直发愁,因为他最尊崇荷马,最喜欢弥尔顿。

"唉!"他轻轻地对马丁说,"我恐怕这位先生也看不起我们德国的诗人。"

"那也没有什么关系。"马丁说。

"喔! 真是一位上品的人,"赣第德心里佩服,"这位巴郭先生,是了不得的天才! 他什么都看不起。"

他们看过了书房,一起到园里去,赣第德看得各样都好,一路夸奖。

"这收拾得坏极了的,"那主人说,"你这儿见的都是小玩意儿,不相干的。过了明天我要来好好地收拾一下了。"

"嗯，"他们告别了以后，赣第德对马丁说，"你总可以同意了吧，这是人里面顶快活的一个了，因为他的见解超出他所有的东西。"

"可是你没有发现，"马丁回说，"他看了他的任何东西都觉得厌烦。柏拉图早就说过，什么食品都吃不进的肠胃，不是顶好的肠胃。"

"难道这就不是乐趣，"赣第德说，"能什么东西都批评，能在旁人看了只觉得美的事物上点出毛病？"

"这话就等于说，"马丁回说，"没有乐趣也是一种乐趣。"

"得了，得了，"赣第德说，"看来，也许我是唯一快活的人，到那天我有福气再见到我那亲爱的句妮宫德。"

"有希望才是好的。"马丁说。

日子照样过去，一星期又一星期。卡肯波还是没来，赣第德满腹烦愁，他也想不通巴圭德和那修道和尚为什么没有回来谢他。

第二十六回

这回讲赣第德和马丁同六个生客吃饭，后来发现他们是谁。

一天晚上，赣第德同马丁正要坐下去跟同客店的几个外国人吃饭，有一个脸子黑得像煤渣似的人走到赣第德的背后，拉住了他的臂膀，口里说：

"赶快收拾起来跟我们一块儿走，不要误了事。"

他转过身来一看，不是别人，正是卡肯波！除了与句妮宫德见面再没有事情能使他这样的惊喜交加。他这一乐简直要乐疯了。他使劲抱着他的好朋友。

"句妮宫德一定也来了，她在哪儿？快领我去见她，好让我快活死。"

"句妮宫德没有来，"卡肯波说，"她在君士坦丁堡。"

"喔，怎么了，在君士坦丁堡！可是随她到了中国我也得飞了去，我们走吧。"

"我们晚饭后走，"卡肯波说，"别的话我现在不能说。我是一个奴隶，我的主人等着我，我得伺候他吃饭哪；再不用说话了，吃吧，回头就收拾。"

赣第德这时候又是喜又是愁，高兴又见着他的忠心的代表，诧异他会做了奴隶，心里充满了复得句妮宫德的新鲜希望，胸口里怔怔地跳着，理路也闹糊涂了。马丁眼看着他这阵子的乱，却满没有理会。同桌吃饭的除了马丁另有六个客人，他们都是到威尼斯赶大会热闹来的。

卡肯波伺候其中的一个。饭快完的时候他挨近他的主人，在他的耳边轻轻地说：

"启禀陛下，船已备齐，御驾随时可以动身。"

说了这几句话他出去了。同桌的人都觉得惊讶，彼此相互地看着，却没有一句话说。这时候又来了一个当差的走近他的主人，说：

"启禀陛下，御辇现在泊普候着，这边船已备齐。"

那主人点一点头，那当差又出去了。同桌人又不期然地相互看了一阵，格外觉得诧异的样子。第三个当差的又来对他的主人说：

"启禀陛下，这边不该多耽搁了。我去把东西收拾好。"

立刻他又不见了。赣第德和马丁心想这一定是跳舞会的乔装玩艺。第四个当差的又来对第四个客人说：

"启禀陛下，一切齐备，随时可以启程。"

说完了他也走了。第五个当差也来对他主人说同样的话。第六个来的说得不同，他的主人正挨赣第德坐着：

"启禀陛下，他们再不肯跟陛下通融借款，我的面子也没有，我们俩也许今晚得进监牢。我只能顾我自己，再会吧。"

当差的全走了，剩下那六个客，赣第德和马丁闷坐着一声不响。后来还是赣第德先开口。

"诸位先生，"他说，"这玩笑开得顶有意思，可是为什么你们全装做国王？我不是国王，这位马丁先生也不是。"

卡肯波的主人先回答，说意大利话，神气顶严肃的。

"我不是开玩笑。我的名字是阿希眉三世。我做过好几年的苏丹。我篡我哥哥的位，我的侄子又篡我的位，我的大臣全被杀了，我受罚在后宫里过我的一辈子。我的侄子，那伟大的麻木苏丹，因为我身体的关系，准许我偶尔出来游历。我到威尼斯赶大会来的。"

第二个说话的是一个年轻人，坐在阿希眉的旁边：

"我的名字是阿梵。我原先是大俄罗斯的皇帝，但是在摇篮时期就被人家篡了位去；我的爹娘都被关在牢里，我就在那里受我的教育；只是我有时可以出来游历，同伴的都是看着我的。我也是到大会来的。"

第三个说：

"我是查尔斯·爱德华，英国的国王，我的父亲把他所有法律上的权利移让给我。我为保障我的权利曾经打过仗，我的八百多个臣子全叫他们给绞的绞，淹的淹，分尸的分尸。我也下过监牢；我是到罗马去拜会意大利王，我的父亲，他同我自己和我祖父一样也是被人家赶跑的。我在威尼斯也是到大会来的。"

第四个说：

"我是波兰王；战争的结果剥夺了我继承来的所有版图；我的父亲也遭着一样的变故；我也学阿希眉苏丹，阿梵皇帝，查尔斯·爱德华国王，他们的榜样，听天由命，但凭上帝保佑。我也是到大会来的。"

第五个说：

"我也是波兰的国王；我被他们赶过两次，但是上天又给了我另一个国度，在那维斯丢拉河的两岸，以前撒玛丁的国王做得没有像我做得一般好；我也是悉听天命的。我到威尼斯也是来玩儿大会的。"

末了轮到第六位元首说话：

"诸位先生，"他说，"我比不上诸位身份大，但我也是一个国王。我叫西奥多，考西加岛上公选的国王；我也曾经享受过元首的威风，但现在人家不把我当一个上等人看。我自己铸造过金钱，但现在我连一个子儿都不值；我有过左右丞相，但现在连个当差都几乎没有；我曾经看我自己坐在国王的宝位上，我也见过我自己坐在伦敦一个普通牢狱的稻草上。我只怕我在此地又得受到同样的待遇，我到此地来，同你们诸位陛下一样，也是赶大会看热闹的。"

前面那五个国王听他这番诉苦，十分同情。他们每人掏出二十块钱来给他买布做衣服穿；赣第德送了他一颗钻石，值两千块钱的。

"这位平民是谁呀！"那五个国王相互地说，"他能给，而且他真的给了，一份礼比咱们的高出一百倍？"

他们正吃完了饭站起身，屋子里又进来了四位爽朗的贵人，他们也是为战争丢他们各家的领土，也到威尼斯来看会。但是赣第德再没有心思管闲事，他一心就想上海船到君士坦丁堡去寻访他的情人句妮宫德。

第二十七回

这回讲赣第德坐船到君士坦丁堡。

那忠心的卡肯波早就跟阿希眉的土耳其船家说好，准许赣第德和马丁一起走。他们对那可怜的贵人尽了敬意。

"你看，"赣第德在路上对马丁说，"我们同六个倒运的国王一起吃饭，其中有一个还得仰仗我的帮助。于我倒不过是丢了一百头羊，不久我就可以抱着我的句妮宫德了。我的亲爱的马丁，这一次又是潘葛洛斯对了：什么事情都是合式的。"

"但愿如此。"马丁说。

"但是话说回来，"赣第德说，"我们在威尼斯碰着的事情实在有点稀奇。从没有见过也没有听说过六个废王一同在一个客店里吃饭。"

"按我们向来的经验，"马丁说，"那也算不得什么特别奇怪。国王被废是一件极平常的事；我们有跟他们一同吃饭的光荣，那更是值不得什么。"

他们一上船，赣第德就飞奔到他那老当差老朋友卡肯波那里去，抱着他直亲。

"好了，"他说，"这回可以听听句妮宫德了。她还是她原先那美吗？她还爱我不？她好不好？你一定替她在君士坦丁堡买了一所王宫是不是？"

"我的亲爱的主人,"卡肯波说,"句妮宫德在普罗庞提斯①的河边上洗碗,她的主人是一个亲王,他一共也没有几只碗,那家是一家旧王族,叫腊高斯奇,土耳其王在他的亡命期内给他三块钱一天。但是最伤心的事情是她已经没了她的美貌,现在她已变成怕人的丑了。"

"得,管她是美是丑,"赣第德回说,"我是一个说话算话的人,爱她是我的责任。可是她有了你带去给她的那五六百万怎么还会那样的狼狈?"

"啊!"卡肯波说,"我不是给了那总督二百万才得到他的允准带走句妮宫德,剩余的不是叫一个海盗狠狠地全抢了去?那海盗不是带着我们到马达朋海峡又到米罗,又到尼加利,又到马尔马拉海,又到斯库台?结果句妮宫德和那老女人伺候上了我方才说的那亲王,我做了这退位的苏丹的奴隶。"

"怎么就有这一大串的奇灾!"赣第德叫着说,"可是话说回来,我身上总还留着几颗钻石,买回句妮宫德总还容易。可是她变丑了,这事情有点儿惨。"

他转身向马丁说:"现在你看谁是顶可怜的——那苏丹阿希眉,俄皇阿梵,英王查尔斯·爱德华,还是我自己?"

"我怎么知道!"马丁回说,"我钻不到你们的心窝里去,怎么会知道?"

"啊!"赣第德说,"潘葛洛斯要是在这儿他准知道。"

"我不知道,"马丁说,"你的潘葛洛斯用什么砝码来衡量人类的不幸,能公平地估定人们的苦恼,我敢说的无非是,这世界上尽有几百万人比那查尔斯王、阿梵皇帝,或是阿希眉苏丹苦恼得多得多。"

---

① 土耳其马尔马拉海(Sea of Marmara)的古名。

“那倒也许是的。”赣第德说。

过了几天，他们到了博斯普鲁斯，赣第德先付了一笔钱替卡肯波赎身。这完了，他就领了他的同伴另雇一只划船，到普罗庞提斯沿岸去访问句妮宫德的下落，不论她变成了怎么样的丑相。

水手里面有两个奴隶划得极坏，他们那莱梵丁船主时常拿一根牛鞭打他们赤裸的肩膀。赣第德，不期而然的，对这两个挨打的奴隶看得比其余的划手更注意些，心里也替他们可怜。他们的面目，虽则破烂得不成样，很有点儿像潘葛洛斯和那不幸的教士男爵——句妮宫德的哥哥。这更使他感动伤心。他愈发注意着他们。

“真的是，”他对卡肯波说，“要是我不曾亲眼看见潘葛洛斯被绞死，要是我没有亲手杀死那男爵，我简直会相信那两个划船的就是他们哪。”

一听到男爵和潘葛洛斯的名字，那两个船奴突然叫了一声，板住了他们的身体，掉下了他们手里的桨。那船主奔过去拿牛鞭痛抽了他们一顿。

“别打了! 别打了! 先生，”赣第德叫着说，“你要多少钱我给你多少。”

“什么! 这是赣第德! ”两个奴隶中的一个说。

“什么! 这是赣第德! ”另一个说。

“这是梦里? ”赣第德叫着说，“还是醒着? 我不是坐着一只划船吗? 这难道就是我亲手杀掉的男爵? 这难道就是我亲眼看见被绞死的潘葛洛斯? ”

“正是我们俩! 正是我们俩! ”他们回说。

“好了! 这就是那大哲学家吗? ”马丁说。

“啊! 船老板，”赣第德说，“你要多少钱赎身? 这位是森窦顿脱龙克先生，德国最早的一家男爵，这位是潘葛洛斯先生，德国最深奥的一位哲学家。"

"狗基督教徒的，"那莱梵丁船主回说，"既然这两个基督教徒狗子是什么男爵，又是什么哲学家，我想在他们国内身份一定顶高的，我要五万块钱。"

"如数给你，先生。立刻划我回到君士坦丁堡去，你就有钱拿。可是慢着；我还是先去找句妮宫德姑娘。"

可是那莱梵丁船主一听说回君士坦丁堡有钱拿，他早就旋转了舵，压着那一班水手使劲地划，那船就像飞鸟似的去了。

赣第德与那男爵和潘葛洛斯抱了又抱，足足有几百次。

"可是究竟是怎么回事，我的亲爱的男爵，你没有被我杀死？还有你，我的亲爱的潘葛洛斯，你不是分明给绞死了，怎么又会活了呢？你们俩怎么又会跑上了一只土耳其划船？"

"那么我的亲妹子的确也在土耳其？"那男爵说。

"是的。"卡肯波说。

"那么我真的又见着了我亲爱的赣第德。"潘葛洛斯叫着说。

赣第德介绍卡肯波和马丁给他们；他们彼此都抱了，一起说着话。那船划得飞快，不多时就靠了口岸，赣第德立刻找了一个犹太人，拿一个应该值一百万的钻石换了五十万现钱，那犹太人还扯着阿伯拉哈姆赌咒说这买卖没有多大好处。他就替潘葛洛斯和那男爵赎了身。那大哲学家拜倒在他的恩主面前，流的眼泪把他的脚都给浸透了；那男爵点点头谢了他，答应一有机会就还他这笔钱。

"可是是真的吗，我妹子也在土耳其？"他说。

"再真没有了，"卡肯波说，"因为她现在在一个破落亲王家里洗碗哪。"

赣第德又去找了两个犹太人来，又卖几颗钻石给他们，他们一起又坐了一只划船去替句妮宫德赎身。

第二十八回

这回潘葛洛斯和那男爵讲他们的经过情形。

"我还得求你饶恕一次,"赣第德对男爵说,"你的大量,神父先生,我当初不该把刀捅穿你的身子。"

"再不用提了,"男爵说,"我也太莽撞一点,我得承认,但是你既然想知道我怎么会流落到做人家的船奴,等我来告诉你。那回你伤了我,倒没有事,一个大夫替我治好了,后来我叫西班牙一队兵打了,把我捉了去,监禁在布宜诺斯艾利斯,那时候我的妹子正动身离开那里。我求得允许回罗马到我们的将军那里去。他们派我到君士坦丁堡在法国公使那里当一个差事。我才到了八天,一天晚上碰见一个年轻的衣可葛朗,他样子长得顶漂亮。天气正热。那年轻人要洗澡,我也赞成。我可不知道一个基督徒要是被人发现跟一个回教徒裸体在一块儿,他就犯了顶大的罪。一个判官打我一百下脚底板,又罚我到划船上当奴隶。再要不公道的事我想是没有的了。可是我倒乐意知道我的妹妹怎么会到一个避难亲王家里去当下女。"

"但是你,我的亲爱的潘葛洛斯,"赣第德说,"我怎么又会见着你呢?"

"那话是不错,"潘葛洛斯说,"你见我给绞了。我本来是该烧的,可是你也许记得那天他们正要烧烤我,天忽然下大雨了;那阵雨来得猛极了,他们没有法子点火,所以叫我上吊,因为他们再没有别的法子。一个外科医生买了我的尸体，带回家去，动手解剖我。他开头画十字割破我肚脐到锁盘骨一块肉。那圣灵审判的刽子手是教会里的一个副执事，他最拿手的是烧死活人，可是他不大会绞。那根绳子是潮的，部位也没有安准，绞得也不够紧。所以那大夫动手割的时候我还有气，我痛极了就怪声地嚷嚷，吓得那大夫一跤跌翻在地下，他一想只当是割着了一个恶魔，他就爬起来拼命地逃，在楼梯上翻着筋斗下去。他的太太在隔壁屋子里听了声音也逃了。她见我直挺挺地破着肚子躺平在台上。她比她男人吓得更厉害，也在楼梯上翻了下去，压在他的身上。他们苏醒一些的时候，我听那女人对她的丈夫说：'我的乖乖，你怎么会解剖一个邪教徒？你难道不知道他们这班人身上老是有恶魔躲着的？我马上去招一个教士来咒他吧。'一听到这话我直发抖，我就抖擞起我还有的一点儿勇气，高声地喊着说，'饶了我吧！'后来那葡萄牙鬼子果然壮了胆，包好了我的伤；他的太太甚至还看护我。过了十五天我就站得起来了。他还替我找了一个差事，有一个马耳他岛的武官要到威尼斯去，我给他当听差，但是我的主人穷得付不出我的工钱，我就另换了一个威尼斯商人伺候，跟着他到君士坦丁堡。有一天我忽然想着走进一个回教堂，见一个老依孟同一个年轻美貌的信徒，那信徒正在说她的祷告。她的胸膛是解开的，在她两奶的中间放着一个绝美的花球，水仙、玫瑰、秋牡丹、小茶花、采花草，什么都有。她掉了她的花球；我捡了起来，十二分虔诚地献还给她。我递给她的时候可太久了，那老依孟就发了气，他见我是一个基督教徒，就高声喊人。他们带我去见一个法官，我的脚底吃了一百下板子，又罚我到划船上做苦工。刚巧我去的船正是男爵那一只，他们把我跟他锁在一条板凳上。在这一条船上有四个马赛来的年轻人，五个那不勒斯的教士，两个科孚来的和尚，他们犯的也是差不多一类的事情。男爵非说他的受罚比我更不公平，我说他不对，捡起一个花球放还到一个女人的胸膛上，比起同一个衣可葛朗赤条条地在一块儿，当然是清白得多。我们正辩论不出谁对，同时挨着牛鞭的打，却不道天道还好，巧的是你也上了我们的船，多亏你好心替我们赎了身。"

"好好，我的亲爱的潘葛洛斯，"赣第德对他说，"你既然是被绞过，剖过，鞭过，在划船上当过苦工，你是否还是不变你的老主意，说什么事都是再好没有的。"

"我还是那主意，"潘葛洛斯说，"因为我是一个哲学家，不能随便收回我的话，何况莱伯尼茨是从来不会错的；再说，'先天的大调和'和他的'空间都是实体和奇妙的物质'，都是至理名言。"

第二十九回

这回讲赣第德再次寻到句妮宫德和那老女人。

他们一行人，赣第德、男爵、潘葛洛斯、马丁、卡肯波，正在互相说他们各人的遭遇，讨论宇宙间偶然与非偶然的事情，申辩因果的关系，道德的与实体的恶，自由与必要，乃至一个在一只土耳其划船上的奴隶还能感到的安慰，他们已经到了普罗庞提斯沿岸那避难亲王的家里。第一件事情他们见着的是句妮宫德和那老女人正晒着洗过的毛巾。

那男爵一见她脸就发青。那多情深切的赣第德，一见他美丽的句妮宫德，脸变得黄黄的，眼睛里冒血，颈根萎着，腮帮子往里瘪，手臂又粗又红，直骇得倒退三步，毛管子全竖了起来，然后为顾全面子只得走上去。她搂抱了赣第德和她的哥哥；他们都抱了老女人，赣第德替她们付了赎身钱。

邻近有一所小田庄，那老女人主张赣第德给买了下来，大家暂且住着，等有别的机会再想法出脱。句妮宫德自己并不知道她变丑了，因为谁也没有对她说过；她要求赣第德履行他们婚约的口气十分强硬，弄得这位好好先生不敢说一个不字。他因此私下对男爵说，他想和他的妹子结婚。

"我可承受不了，"那男爵说，"她一边的自贱，你一边的厚脸；我再也不管这羞人的事儿；我妹妹以后有孩子就不能在德国进礼拜堂。不成，我妹妹只能嫁本国一个男爵。"

句妮宫德跪倒在他的跟前，眼泪开河似的求着他；他还是坚持着。

"你这蠢东西，"赣第德说，"我从那船上救了你，替你付了钱，又付了你妹妹的；她是厨房里的一个下女，又这么丑，我肯低头来娶她还不错哪；你还来反对，真有你的! 要是逞我的一口气，我就再杀了你。"

"你要杀我请便，"那男爵说，"可是你不能娶我的妹妹，至少我活着的时候不能。"

第三十回　结局

　　说心窝里话，赣第德其实不想娶句妮宫德。但是那男爵不近情理的态度反倒逼得他非结成这门亲事，一边句妮宫德也成天逼着，不让他犹豫。他问潘葛洛斯、马丁，以及那忠心的卡肯波的主意。潘葛洛斯议了一长篇的文章，证明那男爵没有权利干预他妹妹的亲事，按照所有的国法，她尽可自由和赣第德成婚。马丁主张把那男爵丢海里去；卡肯波的意思还是拿他交还给那划船的老板，然后有船就把他送回罗马他上司那里去。这主意大家都说好，那老女人也赞成；他们没有对他妹妹提这件事；只花了一点小钱，事情就弄妥当了。他们感到双层的快活，一来套上了一个教士，二来惩戒了一个德国男爵的傲慢。

　　赣第德经过了这么多的灾难还是跟句妮宫德成了婚，和他的朋友——哲学家潘葛洛斯，哲学家马丁，谨慎的卡肯波，还有那历经沧桑的老女人一起，又从爱耳道莱朵的黄金乡带回了这么多的钻石，我们料想他一定会快活了吧。但是他被那些犹太鬼子缠上了，不多时他什么都没了，就剩了那小田庄。他的夫人一天丑似一天，脾气也越来越怪僻，越来越不好伺候。那老女人乏成了病，脾气还不如句妮宫德。卡肯波在菜园里做工，带了蔬菜到君士坦丁堡去卖，也累坏了，成天咒他的命运。潘葛洛斯也是满肚子的牢骚，因为他不能在一个德国大学里出风头。只有马丁，他认定了就是到别处去也不见得好，所以耐心地待着。赣第德、马丁、潘葛洛斯三人有时继续讨论他们的道学与玄学。他们常在田庄的窗户外望见河里的船，满载着发配到远处去的大官，总督们、法官们，都有。他们也见到了新来补他们遗缺的总督们、法官们，不久他们自己又叫发配了出去。他们也常看见割下的脑袋绑在木条上，送去陈列在城门口示众的。这一类的景致随时供给他们谈话的资料；他们一不辩论，就觉得时光重重地挂在他们手上，无聊极了。有一天那老女人对他们发一个疑问：

"我倒要请问你们，究竟是哪一边更坏些，愿意叫黑鬼海盗强奸几百次，坐臀割掉一半，愿意在保加利亚兵营里挨打，愿意吃鞭子，上绞，剖肚子，小船上当苦工——换句话说，愿意受我们各人受过的苦恼呢，还是愿意待在这里，什么事都没有得做？"

"这是一个大问题。"赣第德说。

这一谈又开辟了不少的新思想，马丁特地下一个结论，说人生在世要是不在种种分心的烦恼中讨生活，他就会懒成这厌烦的样子。赣第德不是十分同意，可是他没有肯定什么。潘葛洛斯承认，他一辈子苦恼也受够了，可是因为他曾经主张过什么事情都是十二分地合式，他现在还是这么主张，虽则他自己早已不信了。

不久他们又见到一件事，更使马丁皈依他的厌世原则，更使乐观的赣第德心伤，更使潘葛洛斯迷糊：一天他们发现巴圭德和杰洛佛理在他们田庄登岸，狼狈得无法形容。他们俩早就花完了赣第德给他们的钱，闹翻了，又合在一起，又闹，下监牢，脱逃，末了杰洛佛理和尚入了土耳其籍完事。巴圭德还是干她的老买卖，可是什么好处也没有。

"我早预见到，"马丁对赣第德说，"你送的钱帮不到他们的忙，只是增添他们的苦恼。你是曾经在几百万的钱堆里混过来的，你和你的卡肯波，可是你们也不见得比巴圭德和杰洛佛理快活多少。"

"哈！"潘葛洛斯对巴圭德说，"老天居然把你也给送回来了，可怜的孩子！你知道你害得我少了一个鼻尖，一只眼，一只耳朵，你瞧是不是？这世界真是的，怎么回事！"

这一件事更使他们推详了好久。

在他们邻近住着一个有名的回教僧，他在全土耳其被尊为无上的大哲学家。他们就去请教他。潘葛洛斯先开口。

"老师父，"他说，"我们来请求你告诉我们为什么天会造出人这样子的一种怪东西来？"

"干你什么事了？"那老和尚说，"你管得着吗？"

"但是，神圣的师父，"赣第德说，"这世上有奇丑的恶哪。"

"有什么关系，"那和尚说，"有恶或是有善？比如国王他派一只船到埃及去，用得着他管船上的耗子舒服不舒服不？"

"那么，这样说来，我们该怎么做呢？"潘葛洛斯说。

"关住你的嘴。"和尚说。

"我来是希望，"潘葛洛斯说，"和你讨论点儿因果关系，谈谈可能的世界里最好的一个，恶的起源，灵魂的性质，以及先天的大调和。"

听了这些话，那和尚把他们赶了出去，关上了门。

他们谈天的时候，外边传来一个消息，说君士坦丁堡有两个大臣和解释经典的法官都给勒死了，他们的好多朋友也刺死了。这变故哪儿都传到了。赣第德、潘葛洛斯、马丁他们回他们小庄子的时候，见一个好老头儿在他前面的一座橘子棚底下呼吸新鲜空气。潘葛洛斯，他那好管闲事的脾气加上他爱辩论是非，过去问那老头新绞死的那法官的名字是什么。

"我不知道，"那位先生说，"我从不曾知道过任何一个法官或是大臣的名字。你问的什么事我根本不明白，我敢说参与官家行政的人有时死得可怜，也是他们活该；可是我从来不过问君士坦丁堡有什么事情；我唯一的事情就只是把我自己管着的园里的果子送了去卖。"

说了这些话，他请客人进他屋子里去。他的两个儿子和两个女儿献上各种水果酿来敬客，都是他们自己做的，还有麦酒、橘子、柠檬、菠萝蜜、榧子仁、真毛夹咖啡——不掺杂南洋岛产的次种。吃过了，他那个女儿过来替他们的胡子上花露水。

"你们这儿的地基一定是顶宽，顶美。"赣第德对那土耳其人说。

"我就有二十亩地，"老头说，"我同我的孩子自己做工；我们的劳动保全我们不发生三件坏事——厌倦，作恶，贫穷。"

赣第德一路回去，从老人的谈话得到了深刻的见地。

"这位忠厚的土耳其人，"他对潘葛洛斯和马丁说，"他的地位看来比我们那回同吃饭的六个国王强得多。"

"富贵，"潘葛洛斯说，"是绝对危险性的，按哲学家的说法。因为，简单说，爱格朗，马勃国王，是叫乌德杀死的；阿刹罗是叫他儿子给绞死了，身上还带了三枝箭伤；那打伯王，杰路波阿的儿子，是巴沙杀死的；爱辣王是辛礼杀的；阿席阿是建乌杀的；阿塔理亚杰被乌达杀；乾霍格、乾贡尼、才代其，都是做俘房的[1]；你知道克鲁沙、阿斯梯阿其、大连亚斯、雪腊古司的提昂尼素士，伯鲁斯、潘苏士、汉尼保、朱古塔、阿里费斯德斯、西撒、本贝、尼罗、屋梭、维推立斯、朵米丁，[2]英国的立卡二世、玛丽王后、爱德华二世、亨利二世、立卡三世、查尔斯一世、法国的三个王，还亨利第四大帝！你知道——"

———————————

① 以上都是古希伯来族的王。
② 以上都是古希腊、罗马的王。（编者）

"我也知道，"赣第德说，"我们应当开垦我们自己的园地。"

"你说得对，"潘葛洛斯说，"因为当初上帝把人放在伊甸园里，他是要他动手做工的；可见上帝造人不是叫他怠惰的。"

"我们来做工吧，"马丁说，"再不要瞎辩了；这是唯一的办法，使得日子还可以过下去。"

这一小团体就来合作这健全的计划，各人按各人的能耐做。他们那块小地果然产出了丰厚的收成。句妮宫德，果然是丑得不堪，但是她学会了一手好点心；巴圭德做绣花；那老婆子看管衣服等等。他们各人都做点儿事，杰洛佛理也在内，他学会了做木工，人也老实了。

潘葛洛斯有时对赣第德说：

"在这所有可能的世界里顶好的一个上面，确实有一种事理的关联：你想，要是你不为了爱句妮宫德从那爵府里给踢了出来，要是你没有被人当作异端审判，要是你没有去过南美洲，要是你没有杀死那男爵，要是你没有丢掉你从爱耳道莱朵得来的一百只羊，你就不会住在这儿吃蜜饯香橼跟榧子仁儿。"

"你的话都对，"赣第德回答说，"但是我们还是开垦自己的园地吧。"

图书在版编目（CIP）数据

赣第德 /（法）伏尔泰著；徐志摩译. —— 南昌：
百花洲文艺出版社, 2014.5
（外国文学经典阅读丛书. 法国文学经典）
ISBN 978-7-5500-0925-7

Ⅰ.①赣… Ⅱ.①伏…②徐… Ⅲ.①长篇小说 – 法
国 – 近代 Ⅳ.①I565.44

中国版本图书馆CIP数据核字(2014)第072427号

赣第德

伏尔泰　著

徐志摩　译

出 版 人	姚雪雪
责任编辑	余　茳　胡志敏
美术编辑	彭　威
制　　作	何　丹
出版发行	百花洲文艺出版社
社　　址	南昌市红谷滩世贸路898号博能中心A座9楼
邮　　编	330038
经　　销	全国新华书店
印　　刷	江西千叶彩印有限公司
开　　本	787mm×1092mm　1/16　　印张　7.5
版　　次	2014年9月第1版第1次印刷
字　　数	87千字
书　　号	ISBN 978-7-5500-0925-7
定　　价	12.00元

赣版权登字　05-2014-111

邮购联系　0791-86895108
网　　址　http://www.bhzwy.com
图书若有印装错误，影响阅读，可向承印厂联系调换。